팬픽으로 배우는

웹소설
쓰는 법

팬픽으로 배우는 웹소설 쓰는 법
청소년을 위한 소설 글쓰기의 기본

초판 1쇄 2019년 3월 14일
초판 2쇄 2020년 6월 30일
지은이 차윤미 | **편집** 북지육림 | **본문디자인** 운용 | **제작** 제이오
펴낸곳 지노 | **펴낸이** 도진호, 조소진 | **출판신고** 제2019-000277호
주소 서울특별시 마포구 월드컵북로 400, 5층 19호
전화 070-4156-7770 | **팩스** 031-629-6577 | **이메일** jinopress@gmail.com

© 차윤미, 2019
ISBN 979-11-964735-5-6 (43800)

이 도서의 국립중앙도서관 출판예정도서목록(CIP)은 서지정보유통지원시스템 홈페이지
(http://seoji.nl.go.kr)와 국가자료공동목록시스템(http://www.nl.go.kr/kolisnet)에서
이용하실 수 있습니다. (CIP제어번호: CIP2019006358)

- 잘못된 책은 구입한 곳에서 바꾸어드립니다.
- 책값은 뒤표지에 있습니다.

팬픽으로 배우는
웹소설 쓰는 법

청소년을 위한 소설 글쓰기의 기본

차윤미 지음

JINOPRESS

들어가는 글

고등학교에서 학생들을 가르칠 때, 한 아이가 물었습니다.

"쌤은 어떻게 글을 쓰게 되셨어요?"

그 질문에 저는 바로 대답하지 못했어요. "쌤이 나중에 말해줄게"라고 말하고, 집에 돌아와 곰곰이 생각했습니다. 사실, 한 번도 진지하게 생각해본 적이 없었거든요. 저는 대학 진학을 고민했을 무렵부터 무작정 글을 쓰며 살아야겠다고 다짐했으니까요. 문예창작학과를 전공했고, 글쓰기를 가르치고, 또 글 쓰는 일을 하고 있답니다. 내 일상의 대부분을 차지하는 글 쓰는 행위를 나는 '왜' 시작했을까. 그러다 문득, 한 가지 기억이 떠올랐어요. 그건 바로 저의 어린 시절이었습니다.

저는 말은 느렸지만 한글은 몹시 빨리 깨우쳤다고 해요. 여섯 살이 되었을 때, 처음 글이라는 걸 썼습니다. 어설픈 단어들의 나열이 아니라, 정말 긴 문장들로 이루어진 글을 썼어요. 그 글은 새가 둥지에 알을 낳고 보살핀다는 내용이었지요. 저의 첫 번째 독자는 거실에 앉아 TV를 보고 있던 아빠였습니다. 아빠에게 글을 보여주었을 때, 제 심장은 아주 빠르게 뛰었어요. 아빠는 믿을 수 없다는 듯 물었습니다. "이게 정말 네가 쓴 글이야?" 저는 고개를 끄덕였어요. 그리고 가슴 속에서 아주 희미하지만 몽글거리며 무언가가 피어오르는 느낌을 받았습니다. 그건 바로 '자신감'이었지요.

사실, 어린 시절의 저는 애정에 많이 굶주린 아이였어요. 자신감은 떨어지고 다른 사람의 눈치만 살폈죠. 맞아요, 요즘은 흔히 이렇게 말하더군요. '자존감'이라고 말이에요. 저는 그 자존감이 몹시 낮은 아이였습니다. 그런 제게 놀라워하는 아빠의 표정은 세상에 둘도 없는 큰 쾌감을 주었답니다. 아마도 그 순간이 제 글쓰기 작업의 시작이었을 거예요.

저는 글을 잘 쓰는 사람이 아닙니다. 단지, 제게 있어 글은 세상과 '소통'하는 유일한 방법이었습니다. 평소에는 말도 못하고 자신감도 없는 굼뜬 아이였지만, 글을 쓸 때만큼은 내 생각을 표현하고 드러내는 것이 즐겁고 좋았답니다. 혼자 이불을 뒤집어쓰고 상상 놀이만 할 줄 알았던 아이가, 그 상상을 글로써 세상에 내보이는 순간은 꼭 롤러코스터를 타는 것 같았거든요.

글쓰기를 가르칠 때, 가끔 저의 어린 시절을 닮은 아이들을 만납니다.

"있잖아요, 글을 쓰고 싶은데, 방법은 모르겠어요. 누구에게 물어봐야 할지 모르겠고, 물어보기도 창피해요."

"글을 쓰기는 했는데요, 잘 썼는지 모르겠어요. 제 글을 남에게 보여주기는 싫은데 또 보여주고 싶기도 해요. 보여주기 싫은 이유는 제 글이 이상하다고 할 것 같아서예요."

"누가 제 글을 보고 있으면 꼭 발가벗고 있는 기분이에요. 표정을 살피게 되고, 재미없다고 하면 그 사람도 싫고 나도 싫어져요. 창피하고 눈물이 나요."

솔직히 말하면, 글을 써서 대학을 가겠다는 목표가 있었을 때는 평가가 달라져요. 그건 어쩔 수 없는 현실이지요. 하지만 어떤 글도 빛나지 않은 적은 없었어요. 나는 상상할 수 없는 그 친구들만의 이야기, 아픔, 즐거움이 녹아 있었어요. 그것은 '원 오브 어 카인드(one of a kind)'였지요. 대단한 베스트셀러 작가와 비교해도 견줄 수 없는 이 세상 단 하나의 이야기 말이에요. 그 글을 보며 "너 정말 글 잘 쓴다"라고 말을 할 때 저는 가장 기뻤습니다. 언젠가, 몹시 어렸던 내가 아빠의 표정을 보며 희열을 느꼈던 것처럼 그 친구들이 비슷한 감정을 가슴에 새길 수 있다면 좋겠다고 생각했어요.

이 책은 문학 글쓰기에서 중요하게 다뤄지는 캐릭터와 플롯을 중심으로 '스토리(이야기)'를 짜는 법을 담고 있습니다. 그중에서도 '장르 소설'에 대해서 말하고 있지요. 예를 들면 팬픽과 웹소설 말이에요. 청소년 시절에 쉽게 접근할 수 있는 아이돌 팬픽을 예로 들어서 웹소설까지 쓸 수 있는 공식, 즉 클리셰에 대해서도 이야기합니다. 물론, 저는 단순히 글 쓰는 기술을 늘리기 위함이 아니라 내가 왜 글을 읽는지, 내가 왜 글을 쓰는지, 내가 왜 나의 글을 세상에 보여주고 싶은지, 내가 왜 세상의 반응을 궁금해하는지에 초점을 맞추고 싶었습니다. 그래서 '쉼', '재미', '플롯', '캐릭터'같이 소설을 쓰기 위해 우리가 꼭 알아야 하는 중요한 포인트 이론만 선별한 것이랍니다.

대단한 글을 쓰고 싶은 것은 아니지만, '글'이라는 걸 한번 써보고 싶은데 잘 모르겠다면, 이 책이 도움이 될 것입니다. 무엇보다 자신만의 글을 쓰고 싶은 친구들이 편하고 즐겁게 글쓰기를 시작할 용기를 가질 수 있기를 바랍니다.

부족한 저를 믿고 책을 낼 수 있도록 힘써주신 지노 출판사에 다시 한 번 깊은 감사를 드립니다. 그리고 제가 글을 쓰는 이유이자 미래인 남편 양깜과 딸 지유에게 사랑을 전합니다. 마지막으로, 덕질의 모든 희로애락을 알게 해준 나의 영감의 원천, '그들'에게 안부를 전합니다.

2019년 3월

차윤미

차례

들어가는 글   005

1장. 이건 어떤 맛일까: 사랑   013

2장. 피그말리온의 사랑: 사랑을 달달하게 구워보자   023

3장. 우리에게는 디저트가 필요해: '쉼,'   033

4장. 팬픽을 버터처럼 향기롭게: 캐릭터   043

5장. 팬픽을 달걀처럼 부드럽게: 플롯   079

6장. 유명하고, 맛있고, 예쁜 디저트를 찾아서: 고전   113

7장. 오늘의 케이크: 커피와 홍차 그리고 우유   131

8장. 너의 케이크도 충분히 아름다워   219

나가는 글   227

참고 문헌   231

1장

이건 어떤 맛일까
사랑

여러분 중에는 내가 쓰고 싶은 '글'은 조금 다르다고 생각하는 친구들이 있을 거예요. 여러분이 쓰고 싶은 글을 떠올려볼까요. 그 글의 '장르'는 무엇이었나요? 이 책의 제목에 들어가 있는 '팬픽'일 수도 있고, '웹소설'일 수도 있어요. 어떤 친구들은 웹툰 작가가 꿈이어서 그림뿐 아니라 '시나리오'도 쓰고 싶을 수 있지요. 게임을 좋아해서 '게임 시나리오'에도 도전하고 싶을지 몰라요.

맞아요, 여러분이 쓰고 싶은 글은 흔히 **장르물**이라고 합니다.

장르 + 물

우리가 읽고 있는 수많은 콘텐츠는 저마다의 성격이 있어요. 그 성격을 강하게 내세워서 뚜렷한 성격을 보여주는 작품들을 가리켜, '장르(genre)'라는 단어 뒤에 '-물(物)'이라는 접미사를 붙여서 '장르물'이라고 합니다. '-물'은 주로 명사 뒤에 붙어서 어떤 물건인지를 알려주는 단어이지요. 그러니까, 우리가 웹상에서 쓰는 '로맨스물', '탐정물', '공포물'이라는 단어는 콘텐츠의 성격을 말해 주는 것입니다. 그 모든 것을 통틀어서 '장르물'이라고 부르고, 순수 예술 영역과는 좀 다른 영역에 있는 뚜렷한 성격을 지닌 예술 문화 콘텐츠들을 총칭하기도 합니다.

#장르물 #웹소설 #팬픽

그럼, 여기서 확인차 다시금 질문을 해볼게요. 웹소설과 팬픽은 장르물일까요? 맞습니다. 웹소설과 팬픽은 크게 보면 '소설'이라는 장르의 카테고리에 속해 있어요. 소설은 소설인데 종이로 엮인 책이 아니라 웹에서 접할 수 있다고 해서 '웹소설'이라고 불리고, '팬픽'은 팬(fan)이 쓴 이야기(fiction)입니다. 웹에서 접할 수 있는 글이라는 관점에서 보면 팬픽도 웹소설의 영역에 포함된다고 볼 수 있어요. 두 가지 다 순수 문학의 영역에서는 벗어난 장르이니까 장르물이고요. 동시에, 웹소설 중에서도 각각의 뚜렷한 성격을 지니고 있다면 '역사를 테마로 한 시대상과 로맨스가 어우러진 웹소설'을 간단하게 설명하기 위해서 '#시대물', '#역사물',

'#로맨스물', '#웹소설' 등으로 설명하는 해시태그를 다는 거지요. 팬픽도 마찬가지예요. 내가 사랑하는 아이돌을 주인공으로 소설을 쓸 예정인데, '현실에 존재하지 않는 세계를 배경으로 마왕과 로맨스를 이루는 아이돌 어썸 팬픽'을 설명하기 위해서 '#판타지물', '#어썸팬픽', '#이성팬픽' 같은 설명을 덧붙이지요.

그렇다면, 우리는 왜 장르물을 재밌게 보는 걸까요?

장르 소설은 기본적으로 커뮤니티 안에서 만들어지고 소비됩니다. 아이돌 팬픽은 특정 아이돌을 좋아하는 팬덤 안에서, 웹소설은 사람들이 쉽게 접근할 수 있는 플랫폼인 웹에서 읽고 또 창작할 수 있지요. 커뮤니티는 쉽게 말해서 공동체, 좀 더 쉽게 말하면 내가 '소속감'을 느낄 수 있는 세계입니다. 나와 비슷한 취향을 지니는 사람들과 함께 소통하며 공감의 재미를 느끼는 거죠. 그리고 그 사람들에게서 나의 글을 인정받는 순간에는 자존감이 커지는 경험도 합니다.

물론, 평소에는 쉽게 읽을 수 없는 야한 내용이나 무서운 내용도 많이 포함되어 있을 수 있어요. 하지만 친구들과 까르르 웃으며 몰래 숨어서 보는 재미는 아무도 모르지요. 그리고 그 재미를 이해하지 못하는 어른들이 "대체 그런 글을 왜 읽고, 왜 쓰는 거냐?"라고 묻기도 할 텐데요. 그럴 땐, 당당하게 이렇게 대답하세요. "내가 제일 잘 쓸 수 있는 글이니까요"라고요.

생각해보세요. 교과서에서 배웠던 순수 문학이라고 불리는 시, 소설, 수필이라고 다를까요. 순수 문학이든 장르 문학이든 가리지 않고 모든 글은 재미가 있어야 합니다. 읽는 사람뿐만 아니라, 쓰는 사람도 재미가 있어야 해요. 그런 재미는 계속 글을 읽고 쓸 수 있는 힘을 줍니다. 좀 더 나를 바라보고, 나를 사랑하고, 주변을 바라보고, 주변을 사랑하는 방법을 알게 해주는 거지요.

#로맨스물 #웹소설과팬픽 #연결고리

이 책을 읽는 여러분 중에 어떤 친구들은 "웹소설이 좋아요"라고 할 수 있을 거예요. 또 어떤 친구들은 "팬픽이 좋아요"라고 할 수 있겠지요. 웹소설과 팬픽, 두 장르를 연결하는 공통된 고리는 무엇일까요.

바로 '#로맨스물'입니다. 사랑이 주제인 이야기 말이에요.

웹소설의 다양한 성격들 중에서, 단연 쉽게 접할 수 있는 대표적 성격이지요. 로맨스물이 좋아서 웹소설을 읽는 친구들이 많을 거예요. 웹소설을 쓰고 싶은데, 그중에서도 로맨스물을 쓰고 싶은데 시작을 어떻게 하면 좋을지 막막하다고 느낄 수 있어요. 뻔한 스토리에 뻔한 인물인 것 같지만, 막상 쓰려고 하면 방법을 모르겠거든요.

그래서 저는 팬픽부터 시작해보자고 얘기하고 싶어요. 팬픽은 이미 등장인물이 정해진 로맨스물이니까요. 막연하게 등장인물을 떠올려야 하는 것이 아니라, 내가 좋아하는 아이돌을 모델로 삼아 캐릭터를 완성하는 소설이잖아요.

로맨스물의 캐릭터: 내가 사랑하는 아이돌로 시작해보자

우리가 읽는 모든 글에는 '사람'이 나와요. 글에 등장하는 사람, 즉 '등장인물'이라고 불립니다. 그 인물들의 모델은 여러분 주변에 있는 모든 사람입니다. 내가 너무 사랑하는 사람, 내가 너무 미워하는 사람, 내가 너무 그리운 사람, 너무 싫어하는 사람 모두가 모델이에요.

그리고 이 책에서 예로 든 아이돌 팬픽은 내가 가장 사랑하는 아이돌을 모델로 삼아 쓰는 글이죠. 앞에서도 말했듯 팬(fan)이 만드는 픽션(fiction)이니까요. 웹소설 같은 장르 소설을 쓰고 싶지

만, 처음이라서 두려운 마음이 든다면 걱정하지 마세요. 이 책을
통해 여러분이 두려워하는 그 '한 발자국'을 함께 내딛어볼 수 있
을 테니까요.

덕질로 시작한 팬픽

"근데요, 왜 굳이 팬픽을 예로 드는 거예요?"

그건 어쩌면 이 책을 쓰고 있는 제 경험 때문일지도 몰라요.
아직 문학이 무엇인지, 순수 문학은 무엇이고 장르 문학이 무엇
인지에 대해서 구체적인 지식이 하나도 없었던 청소년 시절에 가
장 먼저 접했던 장르물은 '팬픽'이었거든요. 당시 유명한, 아니, 지
금도 유명한 기획사에서 데뷔한 아이돌을 '덕질'하면서 읽게 되었
지요. 덕질에는 여러 가지 방법이 있었지만, 책과 이야기를 좋아
하던 제가 가장 쉽고 편하게 접근할 수 있는 덕질이 팬픽을 읽고
쓰는 것이었으니까요. 그때는 남에게는 말하기 부끄럽고 창피한
일이라고 생각했어요. 하지만 시간이 흘러 그 시절을 다시 돌이
켜보니, 제가 가장 순수하고 열성적으로 했던 첫 번째 창작 활동
이었어요. 저는 저의 아이돌을 '사랑'했고, 그래서 그들을 나의 글
속에서 새로운 인물로 탄생시켰고, 또한 그 아이돌을 '사랑'하는

사람들과 함께 팬픽을 읽고 쓰며 즐거워했습니다.

조금은 힘든 현실에서 벗어나 지친 마음을 위로받을 수 있는 세계를 만드는 것, 그 세계에서 내가 사랑하는 아이돌이 나의 분신인 주인공과 사랑 이야기를 펼치는 것, 그로 말미암아 내가 잠시나마 행복할 수 있는 것. 그것이 제게는 팬픽이었어요. 그렇게 팬픽을 쓰고 싶다고 생각했고, 나아가 글이 쓰고 싶다고 생각했고, 더 나아가 작가가 되고 싶다고 생각했지요.

팬픽 = 사랑

아마 제 이야기에 공감하는 친구들도 있을 것이고, 낯설다고 느끼는 친구들도 있을 것이며, 아직 잘 모르겠다고 생각하는 친구들도 있을 거예요. 괜찮아요. '사랑'이 무슨 맛인지 아직은 잘 모르는 게 당연하니까요. 그저, '재미있는 글이 쓰고 싶다'는 생각 하나만 있다면 그걸로 충분해요. 그 생각이 한 발자국을 내딛게 하고, 그 한 발자국이 글 쓰는 공부를 하고 싶게 만들고, 후에는 웹소설이든 시나리오든 웹툰이든 가리지 않고 창작할 수 있는 힘을 주거든요.

음, 아직 무슨 말인지 이해가 잘 가지 않는다고요.

그럼 다음을 한번 살펴볼까요. 그리스 신화 속 어떤 남자가 우리처럼 '사랑'을 창작하기 위해서 고민을 했대요. 대체 그 남자는 누구였을까요?

2장

피그말리온의 사랑
사랑을 달달하게 구워보자

그리스 신화 속 덕후 피그말리온

피그말리온의 신화에 대해서 들어본 적 있나요? 자신이 만든 조각상과 사랑에 빠진 사람 말이에요. 피그말리온은 자신이 떠올릴 수 있는 가장 아름다운 여인을 상아로 조각했어요. 인간의 솜씨라고는 믿을 수 없는 신묘한 솜씨였다고 해요. 피그말리온은 자신의 조각상에게, 아니, 그녀에게 반해버렸대요.

"뭐야, 왜 지가 만들고 지가 반하고 난리야. 완전 자뻑 아냐."

예, 뭐 그렇게 생각할 수도 있어요. 나도 그랬으니까요. 그런데 그러거나 말거나 피그말리온은 자신의 조각상을 너무 사랑한 나머지 진짜로 그녀가 살아 움직였으면 좋겠다고 생각했어요. 상상을 넘어선 현실 속 그녀를 원하게 된 거죠. 당연히 피그말리온의 사랑은 이루어질 수 없었어요.

하지만, 이건 뭐다? 신화다. 신이 인간의 몸으로 여기저기 쏘

다니는 이야기죠.

피그말리온이 너무 딱했던 사랑의 여신 아프로디테가 그의 소원을 들어주었어요. 조각상 여인은 여신의 능력으로 짜잔 사람이 되었고, 둘은 결혼해서 행복하게 살았다고 해요.

그런데 피그말리온은 왜 여인상을 조각했을까요?

오비디우스의 『변신 이야기』를 보면 피그말리온은 오랫동안 독신으로 살았다고 해요. 세상의 여자들에게 사랑을 느낄 수 없었기 때문이죠. 하지만 정말 혼자 산 것은 아니고, 자신이 조각한 여인과 함께 살았답니다. 요즘 시선으로 보면 여러 가지로 해석이 가능한 피그말리온의 모습이지만, 주목해야 할 것은 피그말리온이 혼자이자 혼자가 아니라는 점이에요. 다른 사람들에게는 혼자 사는 모습일지라도, 그는 자신의 상상 속에서 가장 아름다운 누군가를 창조해서 곁에 두었던 거죠.

'내가 이 세상 속 여자를 사랑할 수 없다면, 직접 사랑할 수 있는 여자를 만들겠어.'

피그말리온이 여인상을 뚝딱거리며 조각하는 동안 그는 무슨 기분을 느꼈을까요. 나의 상상 속에서만 존재하던 아름다운 무언가를 끄집어내서 만들어내는 일, 그것은 곧 행복이지요. 행복하기 위해서 그 일을 하는 거예요. 힘들고 슬프고 스트레스 받기 위해서가 아니라, 잠시 쉴 수 있는 행복을 찾는 일이랍니다.

사실, 피그말리온이 상상하는 예쁜 여자가 어떤 모습인지는 우리는 몰라요. 그건 피그말리온만 아는 거예요. 어쩌면 그의 조각상을 실제로 보았을 때, 우리는 '저게 뭐야?'라고 눈을 찌푸릴 수도 있어요. 하지만 피그말리온에게는 사랑인 거죠.

팬픽도 마찬가지예요. 누군가에게는 예쁘지 않아도, 나에게는 사랑이에요. 내가 쓴 팬픽을 내가 읽는 동안, 세상 그 누구보다 행복하면 되는 거예요. 팬픽은 피그말리온이 만든 조각상과 같아요. 우리는 피그말리온이 되어야 하죠. 쉽게 말해서, 내가 만들어 놓고 내가 사랑에 빠지는 '자뼉'은 팬픽을 쓰기 위한 첫 번째 단계예요.

'아, 내가 만들었지만 진짜 엄청스레 예쁘다'라고 여긴 피그말리온처럼, 내가 쓴 팬픽을 내가 읽었을 때, '아, 내가 썼지만 진짜 끝내주게 재밌다'라고 여기면 되는 거예요. 내가 만들고 내가 즐기는 희열을 누리는 것, 글을 쓰는 가장 중요한 포인트입니다.

자뼉

자, 그럼, 자뼉에 대해서 좀 더 얘기해볼까요. 다른 말로 자아도취, 나르시시즘, 자존감 같은 어려운 말들도 있지요. 피그말리온 신화처럼 자뻑에 관련한 다른 이야기를 볼까요. 나르키소스라는 미소년이 호수에 비친 자기 모습을 보고 사랑에 빠져서 수선화가 되어버린 이야기예요. 자기 자신에게 사랑에 빠져 죽어버린 비극적인 이야기죠. 거기에서 유래된 나르시시즘은 과한 자기애를 의미하며 오늘날 그리 좋은 의미로 쓰이지는 않아요. 바로 그 나르시시즘을 현실 단어로 표현한 게 자뻑이겠지요. 매일 거울을 들여다보며 자신의 미모에 감탄하거나, 아니면 남들이 뭐라 하든 난 너무 잘났다고 자신만만해하는 모습 모두가 자뻑에 해당될 거예요. 자뻑은 아니꼽고 눈꼴신 의미로 쓰이지요. 분명 우리가 사는 현실에서는 그럴 거예요.

하지만 누구의 간섭도 없고, 눈치 볼 필요 없는 나의 상상 속에서는 어떤가요. 자뻑을 폄하할 필요가 없어요. 오히려 자뻑은 나를 사랑하는 방법 중 하나예요. 나를 위해서, 내가 행복하기 위해서 어떤 자뻑을 해도 좋아요. 비록 현실에서는 작고 하찮게 느껴질지 몰라도, 나의 상상에서는 무엇보다 크고 사랑받는 존재가 되는 거죠.

"아닌데요? 난 현실에서도 충분히 멋진데요?"

좋아요, 그럼 그 이상의 자뻑을 추구하면 되는 겁니다. 토니 스타크의 '아이언맨'을 능가하는 영웅이 될 수 있을 테고, 책 속으로 빨려 들어가 『오만과 편견』의 남자주인공 미스터 다아시가 나에게 사랑에 빠져 결혼하자고 쫓아다닐 수도 있는 거고, 타임머신을 타서 퀸의 브라이언 메이와 로저 테일러가 나를 두고 삼각관계를 이루기도 하죠.

맞아요, 망상이에요. 하지만 뻔뻔한 상상은 곧 흥미로운 팬픽의 시작이 됩니다.

망상은 뻔뻔하게

그런데 왜 상상이나 공상이라는 단어가 아니라 '망상'이라고 표현할까요. 앞에서 장르물은 기본적으로 특정 커뮤니티 안에서 이루어진다고 말했지요. 팬픽은 나와 같은 아이돌을 좋아하는 사람들로 이루어진 웹상의 커뮤니티에서 쓰이고 읽힙니다. 커뮤니티에서 활동하는 덕후들이 실존 인물에게 상상의 이미지를 투여해서 여러 가지 2차 가공을 하는 덕질 중의 하나가 팬픽인 거예요. 실존 인물인 아이돌로 팬픽이나 빙의글을 쓰기 위해 상상하는 행동을 웹상에서는 '망상'이라고 표현한답니다. 그래서 저 역시 여러분에게 망상을 하자고 제안하는 거예요.

전 망상이 심한 아이였어요. 자유롭게 망상을 펼칠 수 있는 시간은 내가 가장 자유로운 시간, 바로 잠들기 전이었지요. 불을

끄고 이불 속에 숨으면 아무도 모르는 망상의 날개를 펼칠 수 있었어요. 망상의 주제는 다양했는데, 가장 많이 했던 건 당시 제일 좋아했던 애니메이션이었어요. 제가 어릴 때는, 지금처럼 자유롭게 애니메이션을 볼 수 없었어요. IPTV도 없었고 유튜브도 없었기에 항상 정해진 시간이 되면 TV 앞에서 기다렸다가 애니메이션을 봤지요. 그리고 결정적인 순간에 끝이 나면 다음 주를 기다리는 시간이 너무 길어서, 저는 그 뒷이야기를 상상하며 기다렸답니다. 애니메이션 속의 인물, 스토리 그리고 갈등은 너무도 좋은 망상의 소재였어요.

망상 속에서 저는 또 다른 주인공이 되었답니다. 즐겨 보았던 애니메이션의 흐름을 파괴하고 제가 좋아하는 이야기를 멋대로 집어넣었어요. 잠이 오기 전까지 망상으로 시간을 보내다가 다음 날의 잠자리에서 그 내용을 이어가곤 했어요. 어제 내가 어디까지 했더라…… 기억을 더듬어서 그다음 내용을 상상하며 즐겁게 놀았죠.

영국의 뮤지컬 중에 〈스타라이트 익스프레스(Starlight Express)〉라는 작품이 있어요. 그 작품은 한 남자아이가 잠들기 전 상상을 하는 이야기예요. 아이가 좋아하는 전 세계의 기차들이 총출동해서 벌이는 이야기랍니다. 엄마와 아빠의 목소리가 들리면 상상을 멈추었다가, 사라지면 다시 상상이 시작되어요. 아이의 상상 속에서 기차들은 노래를 부르며 멋지게 달립니다. 한 아이의 상상은 그 어떤 위대한 작품보다 훨씬 사람들의 감성을 자극하고 아름답게 공감을 이끌어내지요.

뻔뻔한 상상을, 망상을 두려워 마세요. 거침없이 머릿속에서 펼쳐보는 겁니다. 그리고 상상으로 가득 차서 뇌의 용량이 이제는 부족하다고 느껴지면 그때부터 시작해보세요.

팬픽 쓰기를 말이에요.

3장

우리에게는 디저트가 필요해
'쉼,'

왜(Why)

많은 학생들이 글쓰기 수업을 할 때 이렇게 물어봅니다.

"너무 막막해요. 어떻게 해야 해요? 무엇부터 해야 하나요? 어디서부터 해야 하죠?"

팬픽을 쓸 때도 마찬가지예요. 팬픽을 쓰고 싶다는 생각을 했지만 막상 어찌 해야 할지 몰라 쓰고 싶은 마음까지도 사라지는 경우를 종종 봤답니다.

자, 차분하게 생각해봅시다. 어디서부터, 무엇부터, 어떻게 등등 막막해하는 질문들 사이에는 공통점이 있어요. 우리가 익히 알고 있는 '육하원칙'입니다. 육하원칙의 가장 마지막에 있는 것은 무엇인가요?

맞아요, 바로 '**왜**(Why)'입니다.

저는 글을 쓸 때 다른 무엇보다 '왜'라는 단어가 가장 중요하다고 생각해요. 사실, 글을 채우는 내용은 '왜?'라고 물었을 때, 거기에 대한 대답이거든요.

그렇다면 한번 살펴보죠. 우리는 '왜' 팬픽을 읽을까요?

사실, 여기에 대한 이유는 너무도 다양하고 상대적이기에 정답은 없어요. 하지만 대부분 사람들이 팬픽과 같은 장르물을 읽는 가장 일반적인 이유는 재미가 있기 때문이겠지요. '재미있다'라는 형용사는 너무 당연하게 쓰이지만 그렇다고 절대 쉽지도 않아요. 재미를 느낀다는 것은, 글을 쓴 사람과 글을 읽은 사람 사이에 '공감'이 성립되었다는 의미거든요. 여기서 말한 공감은 나중에 더 이야기하고, 지금은 **'재미'**에 대해 살펴봅시다.

재미는 달달한 맛

재미를 맛에 비유해볼게요. 우리의 혀는 단맛과 쓴맛을 쉽게 구분하죠. 그리고 대부분 쓴맛을 가진 음식은 우리 몸에 좋다고들 해요. 단맛을 가진 음식은 너무 많이 먹으면 안 된다고 주의를 듣고 말이에요. 뇌도 마찬가지예요. 우리의 뇌는 달콤한 글과 쓰디쓴 글을 구분할 수 있어요. 혀가 달콤한 맛을 떠올리는 것처럼 뇌도 달콤한 글을 기억하는 거죠. 그래서 달콤한 글을 계속 읽고 싫고, 계속 생각도 나는 거예요.

팬픽을 꼭 읽으라고 추천하는 어른은 아마 없을 거예요. 그건 '나쁘다'고 규정짓는 어른도 있겠지요. 학교에서는 우리에게 '필독 도서'를 일러주는데, 이 작품들은 몹시 훌륭한 작품성을 지니고 있어요. 팬픽처럼 달콤한 맛은 없어도, 우리에게 유익한 것들이죠. 하지만 그럼에도 불구하고 우리에게는 단맛이 필요해요. 친구들과 나누어 먹는 아이스크림도, 시럽을 잔뜩 뿌린 휘핑크림을 얹은 와플도 우리에게는 중요합니다. 원래 밥 배와 디저트 배는 따로 있는 게 인생의 진리잖아요.

대체 달콤한 맛은 왜 필요할까요? 재미있는 글은 왜 읽게 될까요? 사람들은 왜 재미를 추구할까요? 재미있는 것은 왜 사랑을 받을까요?

쉼,

세상에 재미있는 건 정말 많아요. 게임도 있고, 스포츠도 있고, 웹툰도 있고, 영화도 있어요. 이런 콘텐츠는 우리에게 행복한 시간, 즉 '**쉼,**'을 줍니다. 또 다른 말로 휴식이라고도 하죠. 일상을 잠시 멈춰 세우는 시간이에요. '쉼,'을 위해 우리는 무엇을 하나요? 잠을 자거나, 맛있는 걸 먹거나, 친구를 만나거나 그리고 재밌는 것을 찾으려고 하지요. 사실, 우리도 어른들만큼이나 엄청 피곤한 현실을 살고 있으니까요. 피곤한 현실을 잠시 잊기 위해 달콤한 걸 찾아야 해요.

졸려 죽겠는데 학교는 가야 하고, 아침부터 시작되는 수업은 어려운 내용으로 가득해요. 왜 배워야 하는지 이유는 모르겠지만, 시험에 나온다니까 일단은 들어요. 급식은 왜 이렇게 맛이 없는지. 급식을 먹고 나면 졸음과 싸워야 하고요. 학교가 끝나면 바로 학원으로 가요. 학원에서 문제집과 씨름을 하고 나면 이미 바깥은 어두워졌어요. 그래서 바로 집으로 돌아가야 해요. 잠들었다가 다시 눈을 뜨면 똑같은 하루가 시작되죠.

언제나 반복되는 시간, 바로 **'일상'**이에요. 일상 속에서 우리는 자동으로 움직이지요. 알람에 맞춰 눈을 뜨고, 세수를 하고, 교복을 찾아 입는 아침 공식에 따라 몸은 움직이잖아요. 굳이 생각하지 않아도 당연히 따르게 되는 일상은 정말이지 재미가 없지요. 이런 일상에서 받는 스트레스를 풀어줘야 합니다. 달콤함 가득한 디저트 한 조각으로요.

달달한 팬픽 한 조각

그런 의미에서, 팬픽은 우리에게 달콤한 디저트예요. 대부분 팬픽을 처음 접하는 이유는 내가 좋아하고 사랑하는 아이돌이 재미있는 스토리 속 주인공으로 등장하기 때문이에요. 그냥 읽어도 재미있는 스토리에 나의 아이돌이 주인공이라니, 달콤한 생크림 케이크에 빨간 딸기를 듬뿍 얹은 것과 다를 바 없죠. 딸기를 얹은 생크림 케이크를 먹으며 일상의 스트레스를 푸는데, 어느 날 문득, 이런 생각이 듭니다.

'나는 여기에 초코를 얹으면 더 맛있을 것 같은데? 그런 케이크는 누가 안 만들어주나?'

그래서 열심히 내가 먹고 싶은 케이크를 찾아봅니다. 하지만 그런 케이크를 찾기가 쉽지 않아요. 게다가 남이 만들어주는 케이크만 먹는 것도 점점 지겨워요. 결국 이런 생각을 하게 됩니다.

'케이크는 어떻게 만드는 걸까? 내가 좋아하는 재료를 한가득 넣어서 먹어보고 싶은데?'

생크림은 더 달콤하게, 빵은 더 부드럽게, 두 겹으로는 부족하니까 세 겹으로, 온통 딸기로 뒤덮이게, 초코를 녹여서 잔뜩 뿌려야지. 상상만으로도 행복합니다. 그런데 상상으로는 허전해요. 직접 맛보고 싶어졌어요. 그래서 인터넷 검색창에 찾아봅니다.

"케이크 만드는 법"

케이크는 팬픽과 같아요. 내가 사랑하는 아이돌이 등장하는 누군가가 쓴 팬픽을 읽는 것도 재미있었는데, 내가 쓴 이야기 속에 나의 아이돌이 등장한다면 얼마나 짜릿할까요.

"팬픽 쓰는 법"

맞아요, 바로 여러분이 이 책을 읽는 이유입니다. 케이크가 달콤해야 맛있다고 느끼듯 팬픽은 재미가 있어야 즐겁다고 느끼지요.

그렇다면 재미는 어떻게 만들 수 있을까요? 케이크를 만들기 위해서는 계량에 맞게 설탕과 소금을 적절하게 섞어야 합니다. 그래야 맛있는 케이크가 완성되니까요. 마찬가지로 재미있는 팬픽을 쓰기 위해서도 계량이 필요합니다.

케이크의 제누아즈

"나는 초코가 좋아. 초코 없는 케이크는 팥 없는 붕어빵이지."

"뭔 소리야. 치즈 케이크 맛도 모르면서 디저트를 논하다니."

맞아요, 둘 다 너무 좋지요. 달달한 초코도 부드러운 치즈도 완전 사랑이죠. 초코나 치즈는 케이크의 성격을 결정하는 아주 중요한 재료예요. 하지만 초코 케이크와 치즈 케이크 중에서 어느 쪽이 맛있다는 것은 취향의 차이예요. 다시 말해서, 맛있는 케이크에는 그보다 더 중요한 게 있답니다.

바로, 케이크의 가장 기본인 '빵'이에요. 생크림이나 초코 아니면 치즈로 맛을 풍부하게 하기 전, 케이크의 모양을 잡아주고 중심이 되는 케이크 시트 말이에요. 바로 프랑스어로 '제누아즈(genoise)'라고 하는 밀가루, 설탕, 버터, 바닐라로 만든 스펀지케이크입니다. 그런데 케이크 시트가 밀가루를 너무 많이 넣어서 부드럽지 못하고 딱딱하거나, 버터를 태워서 쓴맛이 난다고 생각해봅시다.

에이, 뭐 어때. 어차피 시트에 초코하고 치즈를 예쁘게 올리면 아무도 모를 텐데. 케이크가 예뻐야지 사람들이 맛있다고 생각하지.

이런 생각을 하며 케이크를 만드는 사람은 한 명도 없을 거예요. 케이크는 음식이에요. '예쁘다'는 감상보다 중요한 건 '맛있다'는 가치죠. 제누아즈를 만들기 위해서는 달걀, 설탕, 박력분, 버터가 필요해요.

맛있는 케이크에 '제누아즈'가 있다면, 재미있는 팬픽에는 무엇이 있을까요?

팬픽의 스토리

"나는 학원물이 좋아. 팬픽에서 학원물은 교과서 같은 거지."

"뭔 소리야. 판타지물이 팬픽의 진리 중의 진리라고."

초코와 치즈처럼, 학원물도 판타지물도 너무 좋지요. 하지만 케이크에 비유했듯, 학원물도 판타지물도 결국은 취향의 차이입니다. 학교가 배경이고 주인공이 학생이라면 학원물이고, 현실에는 존재하지 않는 세계관을 배경으로 마법과 모험의 세계가 펼쳐진다면 판타지물이겠지요. 하지만 이보다 훨씬 중요한 것이 있어요.

'팬픽'이라는 장르는 기본적으로 '이야기'예요. '스토리(story)' 라고 하지요. 이야기는 존재하지 않는 가상(fiction)에 기반을 두고 있어요. 팬픽은 팬이 만든 가상의 이야기예요. 그래서 **팬(fan)**과 **가상(fiction)**이라는 두 단어가 합성된 의미입니다.

케이크의 '제누아즈'와 같은 존재가 '스토리'라고 보면 됩니다. 제누아즈가 맛있기 위해서는 버터와 달걀의 쓰임이 대단히 중요해요. 버터는 말랑말랑한 상태에서 중탕을 해야 하고, 달걀 거품은 36~38도를 유지해야 맛있는 제누아즈가 됩니다. 마찬가지로 스토리가 재미있기 위해서는 두 가지 요소가 중요하게 작용해요. 팬픽의 중심이 되는 스토리가 무엇인지, 두 가지 중요한 요소가 무엇인지 이제부터 본격적으로 살펴볼까요.

4장

팬픽을 버터처럼 향기롭게
캐릭터

드라마

아주 오랜 옛날, 그리스에는 많은 철학자들이 있었어요. 그중 아리스토텔레스라는 철학자가 있었죠. 아리스토텔레스는 플라톤의 제자였고 알렉산더 대왕의 스승이었어요. 아리스토텔레스는 『시학(poetics)』이라는 책에서 '비극(tragedy)'에 대해 말을 했어요.

"어? 책 제목에는 '시'가 들어갔는데 왜 '비극'을 얘기해요?"

그건 말이죠, 아리스토텔레스는 희곡, 즉 **'드라마(drama)'**를 높게 평가했어요. 당시 고대 그리스 시대에는 그 어떤 예술보다 드라마, 그중에서도 비극을 가장 완전한 예술이라고 생각했지요. 아리스토텔레스에 따르면 비극은 **"진지한 시의 완전한 형식"**이었어요.

요즘 우리에게 드라마(drama)는 TV의 한 장르로 인식되고 있지만, 원래는 공연을 위한 글을 지칭하는 단어랍니다.

"비극은 싫어요. 밝고 즐거운 게 좋아요. 꼭 비극을 알아야 하나요."

물론, 비극이 드라마의 가장 훌륭한 장르라는 것은 아리스토텔레스의 생각일 뿐이에요. 비극이든 희극이든, 어느 장르가 우월하다는 주장은 그야말로 고대 그리스 시대에서나 통했지요. 우리가 살고 있는 현재까지 엄청나게 많은 드라마들이 탄생되었고, 동시에 수많은 이론도 탄생했어요. 하지만 그 많은 이론들이 탄생하는 동안에도 아리스토텔레스의 『시학』은 중요한 '고전'이었어요.

쉽게 말해서, 아리스토텔레스가 말하는 비극은 '드라마' 자체라고 생각하면 됩니다.

드라마의 '6요소'

『시학』에서 아리스토텔레스는 비극에는 여섯 가지 요소가 있다고 말했어요. 이걸 드라마의 '6요소'라고 말해요.

플롯, 성격, 언어 표현, 사고력, 시각적 장치, 노래를 말한답니다.

"단어가 좀 어려운데, 쉽게 설명해주면 안 돼요?"

어렵게 생각할 필요 없어요. 플롯은 단어 그대로 플롯(plot)이에요. 플롯이라는 단어가 생소할 수 있겠지만, 팬픽을 포함해서 드라마가 중심이 되는 모든 스토리 장르에서는 아주 중요한 요소랍니다. 소설도 마찬가지고 TV 드라마, 영화, 웹툰 심지어 게임에도 적용되지요.

성격은 캐릭터(charater)라고 해요. 드라마 속에서 등장인물이 가지고 있는 스타일을 말하는 거예요. 아리스토텔레스는 성격을 그리 중요하게 말하지 않았어요. 하지만 지금은 플롯과 양대산맥을 이루는 중요한 요소예요. 특히 팬픽에서는 더더욱 그러합니다.

언어 표현은 등장인물의 말(language)이에요. 사고력은 등장인물의 생각, 사상(idea)을 말합니다. 시각적 장치(the major axis)와 노래(music)는 무대 공연에서 쓰이는 요소들이고요. 아리스토텔레스는 '6요소' 중 플롯은 **"비극의 영혼"**이라고 할 만큼 중요하다고 말했어요. 그에 비해 다른 요소는 상대적으로 중요도가 떨어진다고 말했지요.

하지만 아까도 말했던 것처럼, 그건 아리스토텔레스의 생각일 뿐입니다. 팬픽을 쓰고자 하는 우리는 조금 다르게 바라볼 필요가 있어요.

플롯 그리고 캐릭터

먼저, 앞에서 했던 케이크 이야기를 한번 떠올려볼까요. 케이크의 중심이 되는 제누아즈가 맛있기 위해서는 두 가지가 중요하게 쓰인다고 말했지요. 바로 달걀과 버터였어요. 그것과 마찬가지로, 우리가 쓰고자 하는 팬픽의 스토리를 재미있게 하기 위해서도 두 가지 요소가 중요하게 쓰인다고 말했어요. 달걀과 버터처럼 스토리에서 중요한 요소는 '**플롯**'과 '**캐릭터**'입니다. 팬픽이라는 이름의 케이크를 맛있게 만들기 위해서 플롯과 캐릭터는 각각 중요한 쓰임새가 있어요.

아이돌 팬픽은 캐릭터부터

"내가 직접 팬픽을 써봐야지."

여기 팬픽을 쓰고 싶은 여학생이 있습니다. 이름은 주연이에요. 앞에서 아리스토텔레스가 어쩌고저쩌고, 『시학』의 플롯이 어쩌고저쩌고 했지만 주연이는 이해가 잘 안 가는 모양이에요. 이제부터 주연이의 팬픽 쓰기를 들여다보도록 합시다.

주연이의 팬픽 속 주인공은 누구일까요.

주연이가 좋아하는 아이돌 '어썸'이에요. 사실, 주연이는 팬픽을 쓰고 싶다는 생각도 어썸 팬픽을 읽다가 직접 쓰고 싶어진 거거든요. 주연이는 어썸의 리더 휘영을 주인공으로 쓸 생각입니다. 아주 멋진 남자 주인공으로요.

주연이처럼, 대부분 팬픽을 쓰고 싶다고 생각하는 친구들은 이미 좋아하는 아이돌이 있을 거예요. 좋아하는 아이돌이 있기 때문에 팬픽을 읽고, 직접 쓰고 싶다고 생각을 하는 거니까요. 다른 장르들은 어떤 내용을 쓸지 고민하겠지만, 팬픽은 기본적으로 등장인물이 가장 먼저 정해지지요.

이런 의미에서 캐릭터가 플롯보다 중요하지 않다고 했던 아리스토텔레스의 이론은 팬픽에서는 틀렸어요.

캐릭터가 정해지지 않은 팬픽은 있을 수 없지요. 내가 좋아하는 아이돌을 모델로 만들어 등장인물을 완성하면 되니까요. 팬픽 속에서 나의 아이돌은 같은 반 인기 많은 남자애가 될 수도 있고, 고독한 성에 사는 마왕이 될 수도 있어요.

모든 것은 나의 상상, 아니, 그야말로 **'망상'**에서 이루어지는 겁니다. 내가 좋아하는 아이돌을 어떤 캐릭터로 재탄생시키고 싶은지 한번 생각해봅시다.

최애 아이돌과 연애하는 망상

먼저, 주연이가 좋아하는 아이돌 그룹 어썸은 남성 5인조예요. 주연이에게 리더 휘영은 최애 멤버랍니다. 휘영 오빠는 주연이에게 왕자님이에요.

"아, 왕자가 뭐야. 완전 오글거리잖아요."

주연이가 오그라드는 두 손을 보이며 도리질을 합니다. 자, 일단 우리가 앞에서 다짐했던 내용을 다시 떠올려봅시다. 뻔뻔한 상상을, 망상을, 두려워하지 말자고 얘기했지요. 사실, 어느 누가 '나는 최애 아이돌이 내 남친이라고 상상한다!'라고 여기저기 떠들고 다니겠어요. 내가 말하지 않고 누군가가 내 머릿속을 열어보지 않는 이상은 아무도 모르는 나만의 비밀이지요.

하지만 팬픽은 달라요. 남이 쓴 팬픽을 읽는 것에 만족하지 않고 직접 쓰겠다는 것은 이미 비밀이 아니에요. 나와 똑같이 어썸을 좋아하는, 휘영을 좋아하는 사람들과 망상을 나누며 **'소통'**을 하는 거예요. 상상이라는 울타리에서 벗어나 재미있는 스토리와 결합된다면 맛있는 케이크와 같은 재미있는 팬픽이 완성되지요.

'만약'은 망상의 첫 주문

"만약, 휘영 오빠가 고등학생이라면 어떨까?"

자, 주연이가 열심히 상상을 펼치고 있습니다. 상상을 할 때는 항상 '만약'이라는 단어가 먼저 등장하지요. **'만약**(if)'은 현실에서는 있을 수 없지만, 상상에서는 가능한 모든 것의 시작점이라고 할 수 있어요.

특히, '캐릭터'를 설정하는 데 아주 중요한 역할을 하지요.

"만약 내가 마법사가 된다면? 만약 내가 유명한 아이돌 가수라면?"

만약이라는 말은 현실에서는 이루어질 수 없는 꿈이 담겨 있지요. 실제로 현실에서 이런 소리를 한다면 '꿈 깨라'라던가, '웃기고 있네'라던가. 온갖 부정과 비난을 한몸에 받겠지요.

하지만 팬픽을 쓸 때는 달라요. 우리의 상상 속에서는 무엇이든 가능하니까요.

캐릭터 설정은 팬픽 쓰기의 첫 관문입니다. 나의 아이돌을 어떤 모습으로 탄생시키고 싶은가에 따라서 스토리 설정은 자연스럽게 따라오기 마련이거든요. 주연이는 상상만으로도 가슴이 뛰고 즐겁습니다.

자신의 상상을 부끄러워하지 마세요. 좀 더 상상을 펼치고 많은 생각을 해야지 세밀한 캐릭터 설정과 풍부한 스토리 설정이 가능해지니까요. 상상은 화장실 변기에 앉아 있을 때와 같아요. 누구의 방해도 없이 오직 상상에만 집중하면 되는 거지요.

설정 노트를 만들자

그리고 또 한 가지 더, 상상을 하다 보면 엄마가 부르기도 하고, 학원을 갈 시간이 오기도 하잖아요. 상상이 끊기면 다시 시작하기 어려우니 틈틈이 메모하는 것을 추천합니다. 아무리 팬픽이라고 하지만 절대 설정을 가볍게 여기면 안 돼요. 아무도 볼 수 없는 일기장을 쓰듯이, 팬픽을 위한 '설정 노트'를 만들어보세요. 설정 노트에는 캐릭터 설정과 플롯 설정으로 공간을 나누고, 시간이 날 때마다 꾸준하게 기록하세요. 내 상상을 하나하나 기록하면, 캐릭터와 플롯이 합쳐져 재미있는 팬픽이 될 테니까요.

팬픽뿐만 아니라 이 세상의 모든 글을 쓸 때 꼭 명심해야 합니다.

즐기면서 그리고 꾸준하게 써야 해요.

#학원물 #남주는 #인기쩌는 #고등학생

"남주 이름은 정휘영, 당연히 어썸의 휘영 오빠는 아니지만 생김새나 성격은 똑같음. 나이는 열여덟 살, 다니는 고등학교에서 굉장히 인기가 많음. 휘영 오빠처럼 잘생기고, 옷도 잘 입고, 스타일 쩌는데 인기가 없을 수가 없지. 주인공이 학생이니까 작품 배경도 학교로 할 거야."

아하, 주연이는 학교에서 학생들이 주인공이 되는 학원물을 쓸 생각인가 봅니다. 평소에도 주연이는 어썸팬픽 중에서 학원물을 즐겨 읽었대요. 그래서 자신도 직접 학원물을 써보고 싶어졌나봐요.

주연이처럼 내가 재미있게 읽었던 글들을 생각하며 방향을 정하고 직접 쓴다는 건 아주 좋은 접근이에요. 처음부터 잘 쓰는 건 몹시 어려운 일이기 때문에, 자신이 가장 좋아했고 많이 읽었던 장르부터 시작하는 게 가장 좋답니다.

하지만 일단 배경은 스토리 설정과도 관련이 있기 때문에 우선은 캐릭터 설정을 좀 더 하는 게 좋을 것 같군요. 이미 모두가 알고 있는 아이돌이나 연예인을 모델로 삼았다고 해도 그건 어디까지나 시작점일 뿐이니니까요.

나의 팬픽 속에서는 그 캐릭터의 성격을 좀 더 구체적으로 잡아야 합니다.

인싸 아이돌? 팬픽에서도 인싸로 만들어봐?

"팬픽 속 정휘영은 엄청 잘생겼음. 잘 모르는 사람이 봤을 때
는 엄청 차갑고 도도하게 느껴져서 잘 못 다가가는데, 남자들 사
이에서는 인기 엄청 좋음. 당연히 여자들 사이에서도 인기 엄청
좋아. 엄청난 인싸인 거임."

주연이는 평소 아이돌 휘영의 모습 중에서 그런 모습이 좋았
나봅니다. 주연이처럼 자신이 모델로 삼은 아이돌이 평소에 어떤
스타일인지 한번 살펴보세요. 그중 내가 가장 좋아하는 모습을
팬픽 속에서 살리는 게 좋아요.

츤데레 아이돌 아닌데? 츤데레로 만들어도 될까?

"아, 원래 휘영 오빠가 진짜 사교성이 좋아. 친한 사람들하고
사진도 많이 찍고 자주 만난대. 그래서 내 팬픽 속에서도 그런 모
습을 살리려고. 근데, 중요한 건 여자주인공한테는 되게 까칠하

게 굴어. 왜냐하면 여주는 좀 특별하거든. 츤데레 스타일인 거지. 실제 오빠랑 비교하면 너무 오버해서 쓰는 거 아닐까?"

팬찮아요. 이건 팬픽이에요. 상상 속에서 존재하는 망상 이야기인 거죠. 좋아하는 아이돌의 원래 모습을 담아내도 좋지만 좀 더 강하게 표현하는 것도 나쁘지 않아요. 이건 주연이가 만든 새로운 캐릭터니까요. 현실과는 다른 팬픽 속 인물이잖아요. 실제 아이돌의 모습보다 좀 더 오버한다고 느껴져도 가상 캐릭터로서 충분한 매력으로 살릴 수 있어요.

성격, 말, 사상의 삼각구도

여기서 잠깐, 앞에서 우리가 살펴보았던 아리스토텔레스의 『시학』에서 '6요소' 중 세 가지를 떠올려볼까요. '성격(character)', '말(languege)' 그리고 '사상(idea)'을 얘기했지요. 이 세 가지는 삼각구도를 형성해요. 서로에게 영향을 끼친다는 뜻이죠. 아까는 이 단어들이 엄청 어렵게 느껴졌겠지만, 사실 주연이의 설정을 살펴보면 이미 다 나와 있답니다.

- 엄청 잘생겼지만, 잘 모르는 사람이 봤을 때는 차갑고 도도

하게 느껴진다.

- 남녀 가리지 않고 인기가 좋다.
- 실제로 어썸 휘영도 사교성 좋기로 유명하다.
- 그런데 정작 여자주인공한테는 까칠하게 군다.
- 여자주인공은 특별하기 때문이다. 즉 츤데레 스타일이다.

주연이가 설정한 남자주인공의 '**성격**'이에요. 생김새는 차갑고 도도하지만 인기가 좋은 타입이네요. 남자와 여자 가리지 않고 인기가 좋은데, 유독 여자주인공에게만 까칠하다고 해요. 그럼 이런 남주는 어떤 말투를 가졌을까요.

"입술 예쁘다. 오늘 틴트 발랐어?"

아마 이런 대사는 여주가 아닌 다른 사람에게 하겠지요. 하지만 주연이의 설정에 따르면 여주에게는 대사를 이렇게 바꾸어야 할 거예요.

"입술색 뭐야. 피 흘렸냐."

유독 여자주인공에게는 이렇게 까칠하게 '**말**'합니다. 이러는 이유는 여자주인공을 특별하게 생각하기 때문이래요. 이렇게 말해놓고 속으로는 예쁘다고 '**생각**'하는 츤데레 스타일인 거죠.

자, 보세요. 인물의 성격에 따라 대사도 완전히 다르게 쓰이지요. 인물의 성격, 대사 그리고 생각은 돌고 돌면서 서로에게 영향을 미칩니다. 그리고 팬픽 속에서 하나의 캐릭터를 형성하는 거예요.

내 아이돌은 팬픽에서도 꽃길만 걷자

이제 남자주인공이 최고의 왕자님이 되게 만들어야겠죠. 내가 꿈꾸던 최고의 왕자님을 팬픽에 등장시킨다는 생각만으로도 즐겁지 않나요. 그게 팬픽을 쓰는 가장 큰 즐거움일 거예요. 하지만 진정한 즐거움은 내가 쓴 팬픽 속 남주가 읽는 사람들에게 사랑을 받는 거예요.

"남주가 휘영 오빠라는 것만으로 이미 사랑은 넘치게 받을걸요?"

두 눈을 부릅뜨는 주연이네요. 자, 팬픽을 읽는 사람들은 어썸의 휘영이 정말 멋진 사람이라는 건 당연히 알고 있을 거예요. 하지만 팬픽 속 휘영은 단순히 '엄청엄청 잘생겼다'라는 서술만으로는 절대 매력적으로 보일 수 없어요. 팬픽 속 캐릭터에는 고유한 **'특징'**이 있어야 해요.

그럼 그 '특징'은 무엇일까요. 우선 특징을 말하기 전에 남자주인공 말고 다른 주인공도 만들어봅시다.

"등장인물만 설정하다가 시간 다 가겠어. 난 빨리 팬픽을 쓰고 싶단 말이야."

주연이는 얼른 쓰고 싶어서 견딜 수가 없나봐요. 하지만 남자주인공만 있다고 팬픽이 만들어질 수는 없잖아요. 남자주인공만큼 중요한 캐릭터를 만들어야지요.

맞아요, 팬픽을 읽는 독자들이 감정을 이입하며 대신 사랑을 이루는 여자주인공입니다.

생각보다 중요한 여자주인공

간혹 여자주인공 설정을 소홀히 하는 팬픽이 있는데, 절대로 그래서는 안 돼요. 현실에서는 이루지 못하는 사랑을 대신 이루어주는 여자주인공을 제대로 설정하지 않으면 팬픽을 읽는 사람들은 끝까지 읽기가 힘들어집니다.

여러분도 재미있게 읽었던 팬픽, 소설 혹은 TV드라마를 생각해보세요. 남자주인공 못지않게 여자주인공을 매력적으로 설정한 작품들이 대부분일 거예요.

〈오만과 편견〉의 엘리자베스

2006년에 개봉했던 영화 〈오만과 편견〉은 로맨스 스토리의 고전이라고 불리는 제인 오스틴의 『오만과 편견(Pride and Prejudice)』이 원작입니다. 여자주인공인 엘리자베스의 매력 덕분에 원작 소설과 영화를 사랑하는 사람들이 많아요. 그녀는 당당한 매력으로 귀족이자 부자인 남자주인공 다아시를 사로잡거든요. 그녀의 매력은 독자들도 사랑을 느끼게 만들어서 '저런 여주라면 남주가 사랑에 빠질 수밖에 없겠네'라고 고개를 끄덕이게 하죠.

〈구르미 그린 달빛〉의 홍라온

2016년에 방영되었던 드라마 〈구르미 그린 달빛〉 같은 경우, 같은 제목의 웹소설이 원작입니다. 조선이 배경이지만 역사적 고증이 아닌 가상의 설정 속에서 스토리가 전개된 드라마였지요. 드라마에 반영되었던 여자주인공 홍라온의 설정은 남자인 척 분장을 하고 다닌다는 거였어요. 남장을 하는 여자주인공 설정은 남자주인공인 세자 이영과의 만남이 성사되는 중요한 요소였지요. 남장을 하고 남자로 살았기 때문에, 빚쟁이들로 인해 내시로 팔려가게 되어 남자주인공 이영의 곁에서 지내게 되었으니까요. 그녀의 털털하고 순수한 매력은 이영뿐만 아니라 웹소설의 독자와 드라마의 시청자들을 사로잡았답니다.

남주는 '꿈'이요, 여주는 '다리'로다

팬픽에서 남자주인공은 **'꿈'**입니다. 현실에서는 존재하지 않지만 우리가 사랑하길 소망하는 존재이지요. 동시에 여자주인공은 그 꿈에 닿게 해주는 **'다리'**와 같아요. 여자주인공이 남자주인공과 사랑에 빠지는 과정을 함께하며 같이 사랑에 빠지는 게 우리가 팬픽을 읽는 목적입니다. 즉 '공감'이 이루어져야 해요. 팬픽의 가장 중요한 법칙은 **'재미'**이지만, 동시에 함께 추구해야 할 중요한 법칙은 **'공감'**입니다.

팬픽은 꿈과 연결된 다리를 건너는 여행

다시 말해서, 팬픽은 재미있고 공감이 가는 드라마 속 꿈과 연결된 다리를 건너는 여행이라고 할 수 있어요.

팬픽 속 주인공의 행동과 생각을 따라가며, 우리는 함께 울고 웃어요. 그 공감의 경험을 함께 나누는 팬들과의 '소통'은 더할 나위 없이 즐거운 또 다른 재미랍니다. 그래서 남자주인공은 내가 가장 좋아하는 아이돌을 모델로 삼아도 좋지만, 여자주인공은 읽는 사람으로 하여금 강한 공감대를 이끌어내는 인물로 설정하는 게 중요해요.

공감이 가는 여주를 만들어보자

"사실, 나는 평소에 잘하는 것도 별로 없고 좀 소심한 편이거든. 그래서 팬픽 속 여주는 주변 눈치 따위 안 보고 하고 싶은 말도 다 하고 당당한 스타일이었으면 좋겠어. 그런 애라면 아무리 팬픽이라도 휘영 오빠랑 사랑에 빠진 다는 게 충분히 공감될 거 같아."

주연이는 이런 생각을 갖고 있네요. 주연이는 평소의 자기 모습이 싫었던 모양이에요. 그래서 자신과 정반대의 성격을 지닌 여자주인공을 설정하면 사랑에 대한 공감이 될 거라 생각하고 있습니다. 아마도 많은 친구들이 주연이의 생각에 공감하고 있겠지요. 물론이에요. 주연이처럼 자신과 다른 여자주인공을 설정해도 좋아요.

하지만 주연이와 비슷한 성격의 여자주인공으로 설정한다고 해서 정말 공감대가 형성될 수 없을까요?

학교와 학원을 오고가는 삶이 전부인 평범한 고등학생, 신나는 일 하나 없이 하루하루 무미건조하게 살지만 그래도 가슴 뛰는 로맨스를 꿈꾸는 여자애, 특별할 거 하나 없는 현실이지만 그래도 무언가 멋진 일이 일어나길 꿈꾸는 아가씨.

이런 사람들이 주인공이어도 우리는 분명 공감대를 이끌어낼 수 있어요. 여자주인공을 만드는 건 결코 나와 멀리 떨어져 있는 누군가를 그려내는 일이 아니에요.

평범한 여주 엘리자베스 & 생활형 여주 홍라온

『오만과 편견』의 엘리자베스는 가난해서 중산층보다 나을 게 없는 젠트리 계층 집의 둘째였어요. 책을 사랑하고 언니와 대화하기를 좋아하며 무도회에서 춤추는 것을 즐기는 아가씨였지요. 〈구르미 그린 달빛〉의 홍라온은 어떨까요. 어린 시절 민란으로 인해 헤어진 엄마를 대신해 자신의 곁을 지켜준 사당패를 대신해서 빚을 갚기 위해 온갖 궂은일은 다하는 당차고 씩씩한 소녀였습니다. 조선 최초 연애 카운슬러로서, 사랑에 빠진 이들의 편지를 대신 써주는 일을 하며 살고 있었지요. 돈 때문에 하는 일이었지만, 누구보다 사랑을 시작하는 연인들을 지지하고 그들의 마음을 헤아려주는 순수한 성격의 소녀였습니다.

주연이처럼 나와 정반대의 여자주인공을 설정해서 대리 만족을 느껴도 좋고, 나와 너무도 닮은 여자주인공을 설정해서 위로를 받아도 좋아요. 중요한 건, 여자주인공은 '꿈'과 이어주는 '다리'라는 점이에요. 어떤 방향으로 설정을 하든지, 팬픽을 쓰는 우리와 읽는 우리가 함께 공감대를 느끼면 충분합니다.

여주에게는 큰 특징이 있어야 함

자, 그렇다면 '공감'을 이끌어내는 여주인공이라면 충분할까요. 앞에서 예를 들었던 작품들은 여자주인공으로부터 공감대를 느낄 수 있었어요. 평범한 그녀들의 삶에는 공감하면서 그녀들의 사랑에는 열광했지요. 독자들은 여자주인공을 통해 소설과 드라마 속에서 사랑을 대신 느낄 수 있었어요. 그녀들은 단순히 공감을 이끌어내는 여주인공이라서 사랑받은 것은 아니에요. 그녀들만의 매력, 즉 **'특징'**이 있었어요.

특징은 앞서 남자주인공 얘기를 하면서도 말했지요. 주인공들의 특징이 매력적으로 느껴져야 팬픽을 읽는 독자들도 즐거움을 느끼는 건 당연하지 않겠어요. 팬픽이 아무리 망상을 기초로 쓰였다고 하지만 남자주인공과 여자주인공 간의 사랑에는 충분한 납득이 되어야 합니다.

"나는 남주 완전 별로인데? 왜 여주는 사랑한다고 하지? 여주도 진짜 이상한데 어떻게 남주가 사랑에 빠질 수가 있어? 이게 말이 돼?"

이런 말이 팬픽을 읽은 사람의 입에서 나온다면 큰일이겠지요. 지금부터 여자주인공의 매력과 특징에 대해서 좀 더 자세히 알아보겠습니다.

편견이 많아서 오만했던 엘리자베스

〈오만과 편견〉의 엘리자베스는 예쁘고 똑똑했지만 자신이 알고 있는 것만이 전부라고 믿었어요. 몹시도 좁고 편협한 시야를 갖고 있었지요. 그래서 다아시와 첫 만남에서 느꼈던 그의 오만한 태도와 말투로 그의 인간 됨됨이를 판단했어요. 다아시에게 원한이 있었던 위컴의 잘생긴 외모와 사탕발림 말에 넘어가 다아시에 대한 잘못된 정보가 전부 진실이라고 믿었지요. 엘리자베스의 그런 성격은 많은 갈등을 불러일으켰어요. 그 갈등은 어린 동생 리디아가 위컴과 사랑의 도피를 하게 만들었지요.

영화 〈오만과 편견〉에서는 다음과 같은 대사가 나옵니다. 다아시의 노력으로 무사히 위컴과 결혼에 골인한 리디아가 집으로 돌아와 언니 엘리자베스에게 말하는 장면이지요.

> "다아시 씨가 우리를 찾아냈어. 결혼 비용하고 위컴 씨의 수수료도 전부 그가 냈거든. 하지만 우리에게 절대 말하지 말랬어(He was the one that discovered us. He paid for the wedding, Wickham's commission, everything. But he told me not to tell)."
>
> "다아시 씨가(Mr Darcy)?"
>
> "그만해, 언니. 다아시 씨는 가끔 언니의 절반만큼도 오만하지 않아(Stop it, Lizzie. Mr Darcy's not half as high and mighty as you sometimes)."

다아시가 오만하고 불쾌한 사람이라고 여겼기에 그를 증오했던 엘리자베스지만 사실은, 그녀 자신 또한 얼마나 오만했는지를 보여주는 장면이지요.

아빠가 무려 민란 주동자인 홍라온

〈구르미 그린 달빛〉의 홍라온은 미소년처럼 생긴 귀여운 외모에 씩씩한 소녀였지만, 10년 전 민란으로 엄마와 헤어지고 사당패들의 손에 키워져 그들의 빚을 대신 갚으며 병수발까지 하고 있었어요. 돈을 벌 수 있는 일이라면 뭐든지 다 했지요. 그래서 사람들은 홍라온을 홍삼놈이라고 불렀습니다. 사당패의 빚을 독촉하는 깡패들에게 쫓기는 중에 설상가상으로 자신이 연애 상담을 해준 어느 양반 가문의 며느리와 하인의 도주해버려 관군들에게까지 쫓기는 신세가 되어버렸지요. 그 와중에 결국 깡패들에게 납치를 당해 궁궐의 내시로 팔려버립니다. 여자라는 것을 숨기고 세자 이영의 내시로 생활하던 그녀는 이영의 정치 생명이 걸린 중요한 연회에서 잠적해버린 무희를 대신해 춤을 춥니다. 그이후, 이영과 사랑의 감정에 빠지게 된 홍라온이지만 그녀는 이영의 사랑을 받아들이지 못했어요. 자신도 그를 사랑하고 있었지만 그녀는 내시의 신분이었고, 자신의 존재가 걸림돌이라 여겼기 때문이에요. 그리고 그녀는 사실 10년 전 민란을 주도했던 홍경래의 딸이었습니다. 그녀의 운명은 사랑하는 사람과 결코 이어질 수 없는 것이었습니다.

매력적인 여주를 만드는 건 매력적인 빈틈

엘리자베스와 홍라온은 소설 속에서 다른 시대와 배경을 가지고 살고 있지만 그녀들은 여주인공으로서 우리에게 많은 걸 보여줍니다. 둘은 결코 모든 것을 다 갖춘 완벽한 캐릭터가 아니었어요. 엘리자베스는 오만하고 편협한 성격을 가지고 있었고, 홍라온은 사당패에서 내시까지 신분의 하자가 있었고 부모는 반란 주동자였습니다. 운명적으로 큰 결함을 가지고 있었던 거지요.

하지만 완벽하지 못한 그녀들을 사람들은 무척이나 사랑했어요. 그녀들에게 '공감'하게 되고 동시에 매력을 느꼈지요. 그 이유는 바로, 엘리자베스와 홍라온이 가진 '빈틈'에 있습니다.

매력적인 캐릭터에는 매력적인 **'빈틈'**이 있는 것이지요.

완벽한 캐릭터는 불량이에요

"그 '빈틈'이라는 게 뭐예요? 매력적인 '빈틈'은 대체 어떻게 만드는 건데요?"

주연이가 궁금증이 폭발한 모양입니다. '빈틈'은 말 그대로 완전한 모양이 아니라 미세하게 벌어진 틈을 말하는 거예요. 흠집이라고 말하면 이해가 쉬우려나요.

"흠집이 난 물건은 불량이라고 부르는데, 캐릭터도 똑같은 거 아니에요?"

맞아요, 우리가 생활의 편리함을 위해 구매하는 물건들은 흠집이 있으면 물건의 가치가 떨어지지요. 그래서 흠집이 있는 물건들은 불량으로 처리하게 됩니다. 하지만 드라마 속 캐릭터는 달라요. 캐릭터들은 너무 완벽하고 완전한 모습이면 오히려 불량이라고 봐야 한답니다.

그 이유가 무엇이냐고요?

공감대를 불러일으키는 여자주인공은 '빈틈'이 있기 때문에 우리가 응원을 할 수 있는 거예요.

신데렐라의 빈틈

아주 쉬운 예를 들어볼게요. 동화 『신데렐라』를 모르는 친구들은 없겠지요. 신데렐라의 이야기를 바탕으로 한 노래도 있고요.

"신데렐라는 어려서 부모님을 잃고요. 계모와 언니들에게 구박을 받았더래요."

네, 맞아요. 신데렐라가 요정의 도움을 받아 무도회에서 왕자님을 만나기 전까지 얼마나 힘들었는지 노래 첫 구절에도 나와 있지요. 신데렐라가 잃어버린 유리구두를 되찾고 왕자님과 사랑을 이루었다는 이야기가 재미있는 이유는 무엇일까요?

그건 바로, 신데렐라가 **행복**해졌기 때문이에요.

우리는 계모와 언니들에게 구박받는 신데렐라의 서러운 감정과 마침내 행복을 찾았을 때의 기쁜 감정까지 함께 느끼는 겁니다. 신데렐라는 여자주인공인 거예요.

우리는 신데렐라라는 '다리'를 건너 왕자라는 '꿈'에 가까이 다가가는 거지요.

즉 신데렐라가 계모와 언니들에게 구박을 받았던 시간이 바로 '빈틈'이에요. 신데렐라의 '빈틈' 덕분에 왕자님과 만나 행복해졌다는 이야기가 재미있는 거랍니다.

신데렐라의 빈틈도 사랑한 사랑꾼 왕자

여기서 가장 중요한 점은 왕자님이 신데렐라의 '빈틈'까지 사랑해주었다는 거지요. 만약 왕자님이 유리구두를 들고 신데렐라를 찾고 난 이후에 이렇게 말했다고 생각해봅시다.

"아, 미안. 난 어려서 부모님을 잃고 계모와 언니들에게 구박을 받은 사람은 사랑할 수 없어."

이런 말을 했다면 신데렐라의 이야기가 완성될 수 없지요. 우리는 여자주인공의 '빈틈'도 이해하는 왕자와의 사랑을 좋아하는 거죠. 사랑 그리고 행복, 이 두 가지가 바로 여자주인공에게 '빈틈'이 있어야 하는 중요한 이유랍니다.

엘리자베스의 빈틈: 편견과 가난한 집안

『오만과 편견』의 주인공 엘리자베스의 '빈틈'은 **편견**과 **가난**입니다. 그녀는 자신의 편견에 따른 오만한 판단으로 집안에 큰 위기를 불러왔어요. 어린 여동생이 위컴에게 **빠지도록** 내버려둔 것이지요. 자신이 좀 더 현명하고 동생들에게 솔직했더라면 그런 일은 일어나지 않았을 거라고 자책합니다. 소설 속 시대에는 어린 여자가 남자와 애정 도피를 한다는 것은 상상할 수 없었어요. 리디아가 위컴과 정식으로 결혼을 해야 불명예에서 벗어날 수 있었죠. 그러기 위해서는 어마어마한 돈이 필요했습니다. 엘리자베스 집안에서는 그 돈을 마련할 재산이 없었어요.

홍라온의 빈틈: 낮은 신분과 비극적 운명

〈구르미 그린 달빛〉의 주인공 홍라온의 '빈틈'은 **신분**과 **운명**입니다. 홍라온은 궁 밖에서 사당패의 빚을 갚기 위해 남장을 하며 궂은일은 다 했는데, 결국은 그 빚 때문에 궁에 내시로 팔려가지요. 세자 이영의 곁에서 내시 일을 하던 홍라온은 자신이 여자라는 것을 알아차린 이영에게 사랑 고백을 받지만 당당히 받아들이지 못했어요. 홍라온은 여자로서 한 번도 살아본 적이 없었거든요. 그녀에게 남장은 반란 주동자의 딸이라는 것을 숨기며 살수 있는 유일한 방법이었으니까요. 그 방법을 알려주고 떠난 엄마의 말을 거역할 수 없었던 거지요. 이영은 홍라온에게 끊임없이 진심을 담아 고백합니다. 이영의 진심 앞에서 홍라온은 마음을 열고 여자가 되어 다가갑니다. 하지만 둘을 기다리는 것은 험난한 운명이었어요. 홍라온은 사랑하는 사람과 이어질 수 없는 운명을 알고 너무도 아파합니다.

신데렐라와 엘리자베스 그리고 홍라온은 저마다 다른 '빈틈'이 있어요. 그녀들의 '빈틈'은 각자에게 **시련**을 불러와요. 그녀들은 '시련'을 극복하고 사랑을 이루어 마침내 행복해집니다.

여주의 공식: 빈틈 → 시련 → 극복 → 사랑

자, 다시 주연이의 캐릭터 설정으로 들어가봅시다. 주연이의 여자주인공에게도 '시련'을 불러올 '빈틈'이 필요한 거죠. 신데렐라 이야기를 본 따서 어려서 부모님을 잃고 계모와 언니들에게 구박받았다고 해도 상관없어요. 혹은 신데렐라와 반대로 평범하게 자랐지만 예쁜 언니와 항상 비교당했던 동생이 주인공이라면 어떨까요? 생활력이 부족한 부모님 때문에 틈만 나면 알바를 해야 하는 여학생이 주인공이면 어때요? 아니면, 사랑을 이루기 위해 본래의 모습까지 숨기며 살았지만 부모들이 원수라는 것을 알아버린 비극의 주인공은 어떤가요?

빈틈이 없다면 공감도 노노

중요한 것은, '빈틈'이 없는 캐릭터는 매력적이지 않다는 거예요. 모나고 삐뚤어지고 반듯하지 못한 캐릭터의 설정이 사실은 가장 큰 '공감'을 불러옵니다. 이것은 비단 여자주인공에게만 해당되는 게 아니에요. 남자주인공을 포함하여 팬픽에 등장하는 모든 캐릭터에게도 마찬가지로 작용합니다. 따라서 우리가 팬픽을 쓰기 위해 캐릭터를 설정할 때는 다음과 같은 카테고리를 만들어야 합니다.

빈틈 = 약점, 상처, 트라우마

1. 이름, 나이, 생년월일
2. 생김새, 키
3. 성격
4. 설정

모든 설정은 구체적일수록 좋답니다. 자세하게 인물 설정을한 다음에 가장 마지막 카테고리를 만드세요.

5. 빈틈☆☆☆☆☆

별을 꽉꽉 그려 넣어둡시다. 아주 중요하니까요. 캐릭터를만들어보면 알겠지만 1번부터 4번까지는 쉽게 만들어집니다. 그런데 5번은 생각보다 어려워요. 빈틈은 내가 만드는 캐릭터의 **약점**입니다. **상처** 혹은 **트라우마**라고 부를 수도 있지요. 아무리 상상 속 인물이지만 약점을 들여다본다는 건 즐겁지만은 않은 일이잖아요.

재밌는 팬픽을 쓰려고 하는 데 약점을 살펴야 하다니, 참 아이러니하죠.

"그럼, 꼭 길게 쓰거나 많이 쓰지 않아도 괜찮아요?"

주연이는 막상 캐릭터를 설정하려니 생각보다 쓸 것이 없어서 걱정인가 보군요. 걱정 마세요. 캐릭터 설정을 지나 이 다음으로 넘어가면 좀 더 풍부하게 쓰일 겁니다. 이 다음에 뭐가 있느냐고요? 4번에 적은 캐릭터의 빈틈으로 인해 벌어질 많은 사건들이 **'갈등'**이라는 이름으로 펼쳐질 세상입니다.

네, 맞아요. 바로 **'플롯'**입니다.

제누아즈의 버터 = 팬픽의 캐릭터

캐릭터는 재미있는 팬픽을 만들기 위해 반드시 꼼꼼하게 살펴야 하는 중요한 요소입니다. 맛있는 케이크를 위해서는 케이크의 중심이 되는 제누아즈를 맛있게 만들어야 한다고 했지요. 제누아즈를 맛있게 하기 위해서는 우선 버터를 말랑말랑 하게 만들어 중탕해야 합니다. 말랑한 버터를 중탕하는 것처럼, 우리는 팬픽 속에 캐릭터를 잘 녹여야 합니다.

버터의 향기는 케이크를 먹고 싶게 만들지요. 캐릭터는 버터처럼 우리의 팬픽을 향기롭게 만듭니다. 그리고 읽고 싶게 만들지요.

남자주인공은 우리의 상상 속 최고의 '**꿈**'이고, 여자주인공은 '**공감**'을 형성할 수 있는 '**다리**'라는 걸 꼭 기억하세요. 그리고 주인공을 포함한 모든 캐릭터에는 '빈틈'이 중요하다는 것을 다시 한 번 명심하세요.

주연이의 설정 노트 (캐릭터 ver.)

I) 남주

- 이름: 정휘영

- 나이: 고등학교 2학년

- 생일: 12월 30일

- 생김새: 어썸의 휘영 오빠와 ☆똑!같!이!☆ 생겼다. 한마디로 엄청 잘생겼음.

- 키: 168cm (휘영 오빠랑 똑같다♡)

- 성격: 휘영 오빠처럼 잘 모르는 사람에게는 차갑고 도도한 이미지

이다. 그래서 인기는 엄청 많지만 가까이 다가가는 여자애들은 드물다. 하지만 남자들 사이에서는 엄청난 인싸이다. 여자애들하고도 잘 지내는 편이지만, 이상하게 여자주인공한테는 까칠하게 대한다. 여자주인공을 특별하게 생각하는데, 속마음과 다르게 겉으로는 까칠하게 대하는 거. 한마디로 츤데레 스타일이다.

– 설정: 잘생기고 춤 잘 추고 노래도 잘함. 목소리도 저음에 엄청 섹시함. (꺄아♡) 그리고 공부도 잘함. (못하는 게 없어 우리 오빠♡) 거기다가 부자임. (대박~ 이런 남자 진짜 어디 없니…… ㅠ,.ㅠ)

– 빈틈: 너무 잘생겼다는 거? (흠…… 솔직히 만들라고 해서 만들긴 했는데 휘영 오빠에게 무슨 빈틈이 있어야하는지 잘 모르겠다…… 대체 우리 오빠가 부족한 게 어딨다고……) 너무 잘생겨서 도촬도 많이 당하고 사진도 많이 찍혀서 사진 찍는 거 싫어한다는 거? (잘생겨서 피곤한 거지…… 증말 맴찢……)

+ 더는 몰겠음. 나중에 추가하겠음.

2) 여주

– 이름: 류주연 (여주 이름 정하기가 너무 어려워서 내 이름을 넣었을 뿐이다! 진짜로! 나중에 고칠 거다!)

– 나이: 고등학교 2학년

– 생일: 10월 30일 (오빠랑 태어난 달은 다르지만 똑같은 30일이다

♡ 이거슨 운명의 데스티니♡)

– 생김새: 평범함 (이유는 없다…… 솔직히 귀찮음……)

– 키: 155cm (그냥 내 키랑 똑같이 했음…… 이거 점점 귀찮아지는
데 꼭 해야 하나……)

– 성격: 밝고 명랑함. 친구들도 많음. 불의를 보면 못 참는 무대뽀
스타일. 그런데 공부는 잘 못함.

– 빈틈: 꿈이 없음. (진짜 이거 생각하느라 머리 뽀개지는 줄……) 공
부도 못하는 데 꿈도 없어서 걱정임. (쓰다 보니 내 얘기 같아서 갑
분싸……)

+ 여주도 더 몰겠음. 나중에 추가하겠음. (근데 추가 할 수는 있나
몰겠다…… 팬픽 쓰는 데 뭐가 이렇게 복잡함……?)

5장

팬픽을 달걀처럼 부드럽게
플롯

플롯은 아는데 플롯은 모르오

"플롯도 아니고 플롯(plot)이 대체 뭐야? 가볍게 팬픽만 쓰려고 했는데 왜 이런 어려운 단어까지 알아야 하는 거야?"

주연이가 투덜거립니다. 여러분도 주연이의 의견이 동의하나요. 아, 몹시 동의한다고요.

뭐, 다 맞아요, 앞에서 말했던 것처럼 우리는 달콤한 쉼을 위해서 팬픽을 읽고 쓰고 싶은 거지요. 공부도 아닌데 어려운 단어를 굳이 알아야 할 필요는 없지요.

하지만 팬픽은 드라마를 기본으로 하고 있는 장르예요. 팬픽이 아니라 일기를 쓴다면 우리는 굳이 재미있게 쓰려고 하지 않아도 될 겁니다. 일기는 작가이자 유일한 독자가 바로 나 자신이니까요. 재미있게 쓰기보다는 솔직하게 쓰는 게 중요하겠지요. 팬픽은 달라요. 여러분이 팬픽을 써보고자 하는 건 바로, 팬픽에 관심이 있거나 누군가가 쓴 재미있는 팬픽을 읽었기 때문이겠지요. 재미있지 않으면 팬픽은 결코 생명을 얻지 못해요.

내가 사랑하는 아이돌이 주인공인데, 재미있게 써야지요. 아이돌이 나의 소설 속에서 반짝이게 하려면 재미는 정말이지 몹시 중요하답니다.

플롯과 줄거리는 닮았어

플롯을 말하기 전에, 한 가지 질문을 던져볼게요. '줄거리'가 무엇인지 알고 있나요. 어라, 너무 무시하는 게 아니냐고요.

하하, 여러분을 무시하는 게 아니에요. 사실, '줄거리'와 '플롯'은 닮은꼴이랍니다.

"에이, 뭐야. 줄거리를 말한 거였으면 처음부터 어려운 단어를 안 써도 되잖아요."

노노, 그렇지 않아요. 줄거리와 '플롯'은 닮았을 뿐이지 결코 같은 게 아니에요. 플롯은 여러분이 쉽게 접할 수 있는 소설에도 있고, 영화에도 있고, 웹툰에도 있고, 웹소설에도 있고, TV드라마에도 있고, 만화책에도 있고, 애니메이션에도 있고, 라이트 노벨에도 있어요.

한마디로 스토리가 중심인 드라마 장르에는 '플롯'이 영혼처럼 담겨 있지요. 플롯이 없는 드라마 장르는 영혼이 없는 것과 같아요. 아리스토텔레스도 **"플롯은 비극의 영혼"**이라고 했으니까요.

그럼 줄거리와 플롯은 어떻게 비슷하고 또 어떻게 다른 걸까요. 플롯은 왜 드라마 장르에서는 그렇게 중요하다고 여겨지는 걸까요. 이제부터 알아보도록 합시다.

#신데렐라 #이야기 #버전1

옛날 옛날에, 한 소녀가 있었습니다. 소녀는 다정한 아버지와 어머니의 사랑을 받으며 자랐지요. 하지만 어머니는 병으로 돌아가셨어요. 소녀의 아버지는 외로운 소녀를 위해 새어머니를 데려왔지요. 새어머니에게는 두 딸이 있었어요. 하지만 아버지는 얼마 되지 않아 사고로 돌아가셨어요. 그러자, 새어머니와 새언니들은 소녀를 구박하기 시작했답니다. 다락방에서 재우고, 하루 종일 집안일을 시키고, 낡은 옷만 주었어요. 그 이후, 소녀는 '재투성이'라는 뜻의 '신데렐라'로 불렸답니다.

그러던 어느 날, 궁전에서 왕자님의 무도회가 열린다는 소식이 도착했어요. 신데렐라는 무척 가고 싶었지만 새어머니와 새언니는 집 안을 잔뜩 어지르고 궁전으로 떠났어요. 돌아가신 어머니가 물려주신 낡은 드레스와 유리구두가 전부였던 신데렐라는 슬퍼서 울고 있었지요. 그러자 요정이 나타나 낡은 드레스와 유리구두를 예쁘게 바꾸어주고, 호박은 아름다운 마차로, 쥐 두 마리는 마부로 바꾸어주었답니다. 하지만 밤 12시가 되면 마법이 풀리니 그전에 돌아오라고 말했지요.

신데렐라는 무도회에 참석했고 왕자님과 춤을 추며 즐거운 시간을 보냈어요. 하지만 12시를 알리는 종이 울렸고 신데렐라는 도망칠 수밖에 없었어요. 그런데 너무 급하게 뛰어 내려가는 바람에 유리구두가 벗겨지고 말았어요. 왕자님은 신데렐라의 유리구두를 주워서 온 나라에 주인을 찾도록 신하들을 보냈답니다. 그리고 마침내 신데렐라의 집에도 신하들이 왔지요.

언니들은 열심히 유리구두에 발을 넣었지만 들어가지 않았어요. 새어머니는 더 이상 딸은 없다고 말했지만, 신하들은 신데렐라를 발견했어요. 신데렐라의 발에 유리구두는 꼭 맞았지요. 그렇게 왕자님이 있는 궁전으로 간 신데렐라는 성대한 결혼식을 올렸고 오래도록 행복하게 살았답니다.

왕자님이 성대한 무도회를 연다는 초대장이 도착했습니다. 모든 아가씨들이 예쁘게 꾸미고서 들뜬 마음으로 무도회에 참석했지요. 모두가 왕자님과 춤추길 원했습니다. 신데렐라도 아가씨들 사이에 있었지요. 예쁜 드레스를 입고 유리구두를 신은 자신이 어색했지만 행복했어요. 신데렐라는 시계를 바라보았습니다.

'아직 12시가 되려면 멀었어.'

그 생각을 하는 신데렐라의 앞에 누군가가 나타나 춤을 추자고 손을 내밀었습니다. 깜짝 놀란 신데렐라가 바라보았습니다. 거기에는 왕자님이 서 있었지요. 모든 사람들이 놀랐습니다. 왕자님은 그날 신데렐라 한 사람과만 춤을 추었으니까요. 왕자님은 신데렐라가 궁금했어요. 신데렐라의 이름과 어디에 사는지 물어보았어요. 그때, 12시를 알리는 종이 울렸어요. 신데렐라는 왕자님에게 대답하지 못하고 도망쳤지요. 왕자님은 신데렐라를 쫓았어요. 하지만 신데렐라의 모습은 사라지고 유리구두 한 짝만 계단에 남겨져 있었습니다.

신데렐라는 궁전에서 나와 마차를 타고 달렸어요. 하지만 저 멀리 종소리가 끝나자 모습이 바뀌었어요. 신데렐라는 낡은 드레스와 유리구두 한 짝만 신은 모습으로, 마차는 낡은 호박으로, 마부들은 생쥐로 바뀌었어요. 사실, 신데렐라는 요정의 마법으로 무도회에 참석할 수 있었던 거였습니다. 새어머니와 새언니 밑에서 구박받는 신데렐라를 딱하게 여긴 요정이 도와준 거였지요.

다음 날, 신데렐라의 집 앞에 궁전에서 나온 신하들이 도착했습니다. 유리구두의 주인을 찾고 있다며 이 나라의 모든 아가씨들이 이 구두를 신어볼 수 있다고 말했지요. 새언니 둘은 구두를 신었지만 전혀 들어가지 않았어요. 다른 딸이 없느냐고 묻는 신하들에게 새어머니는 더 이상 딸은 없다고 말했어요. 하지만 생쥐들이 나타나 신하들을 다리를 붙잡고 부엌으로 이끌었어요. 새어머니와 새언니들이 막아보려 했지만 숨겨져 있던 신데렐라를 신하들은 찾아내고 말았지요.

유리구두는 신데렐라의 발에 꼭 맞았습니다.

새어머니와 새언니들이 화를 냈지만 신데렐라는 신하들과 함께 궁전으로 갔어요. 그리고 왕자님과 결혼식을 올리고 행복하게 살았습니다.

시간 순서? 사건 중심?

자, 버전 1과 2는 똑같이 신데렐라 이야기예요. 그런데 무슨 차이가 있을까요? 일단 내용은 똑같습니다. 신데렐라의 '빈틈', 그러니까 부모님이 돌아가시고 새어머니와 새언니에게 구박을 받았다는 내용도 둘 다 포함되어 있어요. 요정의 도움을 받아 무도회가 갔다는 내용도 있고요. 유리구두 덕분에 왕자님과 결혼을 했다는 내용도 있습니다. 모든 것이 일치하지요.

하지만 1번은 그 내용이 **'시간 순서'**에 맞게 배열되어 있어요. 신데렐라의 과거에서 현재까지라는 **'시간'**이 중심이 되고 있지요. 그래서 요정의 도움을 받고 무도회에 가서 왕자님을 만났다는 흐름으로 이어집니다.

그런데 2번을 봅시다. 버전 2는 무도회에서 왕자님을 만난 걸로 시작합니다. 왕자님을 만나서 행복한 시간을 보냈지만 갑자기 신데렐라가 도망을 가지요. 유리구두 한 짝을 잃어버리고서 도망치던 신데렐라의 마법이 풀립니다. 그리고 **'비밀'**이 밝혀지지요. 사실은, 무도회에 올 수 없었지만 요정의 도움으로 왔다는 것 말입니다.

즉 시간 순서로 따지면 요정의 도움이 먼저인 건 똑같지만 2번은 유리구두를 잃어버린 사건을 일부러 앞에 놓은 겁니다. 그래서 무도회 장면을 먼저 보여준 거지요.

신데렐라가 마법이 풀렸을 때, 읽는 사람으로 하여금 '어? 대체 왜 저러는 거지?' 하는 의문을 갖게 만들지요. 유리구두를 잃어버리고 신데렐라의 마법이 풀린 것을 강조해서 재미있는 포인트를 준 것입니다.

흥미를 유발하는 주문: 플롯

바로, 이것이 **'플롯'**입니다. 플롯은 단순한 시간 순서가 아니라 읽는 이로 하여금 흥미를 유발할 수 있는 사건을 색다르게 배치한 거랍니다.

줄거리는 '시간'이 중심이라면 플롯은 **'사건'**이 중심입니다.

그럼 2번 신데렐라 스토리를 사건 별로 나눠볼게요.

1) 신데렐라는 무도회에 갔다.

2) 무도회에서 왕자님과 춤을 추며 행복한 시간을 보냈다.

3) **12시를 알리는 종소리에 신데렐라는 도망치다가 유리구두 한 짝을 잃어버렸다. ☆**

4) 도망친 신데렐라는 마법이 풀렸다.

5) 신데렐라는 요정의 마법으로 무도회에 참석할 수 있었다.

6) 원래 신데렐라는 새어머니와 새언니들 구박 때문에 무도회에 갈 수 없었다.

7) 궁전의 신하들이 유리구두의 주인을 찾기 위해 도착했다.

8) 새언니들은 유리구두가 맞지 않았다. 그리고 새어머니는 신데렐라를 숨겼다.

9) **신하들은 신데렐라를 찾아냈다. 신데렐라는 유리구두를 되찾을 수 있었다.** ☆

10) 신데렐라는 궁전으로 돌아가 왕자님과 행복하게 살았다.

신데렐라에는 총 열 가지 사건이 있습니다. 그중 중요하게 다루어진 사건은 3번과 9번입니다. 유리구두를 잃어버리고 되찾은 사건이 중요한 포인트인 거지요. 만약 시간을 중심으로 진행했다면 6번이 가장 먼저 나와야 할 거예요. 하지만 읽는 사람들의 흥미를 유발할 수 있는 힘은 떨어집니다. 그래서 3번과 9번을 중심으로 진행을 시킨 거예요.

신데렐라 플롯: 유리구두가 사랑을 불러왔고요

간단하지만 아주 명료하죠.

'잃어버린 유리구두로 왕자님과 사랑을 이룬 재투성이 소녀

이야기'

이것이 바로 신데렐라의 '플롯'입니다. 유리구두를 중심으로 벌어진 사건이라는 것을 확실하게 보여주지요. 시간으로 나열을 한 줄거리보다 훨씬 간단하지만 사람들에게는 강한 인상을 줍니다.

그러니까, 재미있는 스토리는 '플롯'이 탄탄해야 한다는 말이 괜히 있는 게 아니지요.

『오만과 편견』 플롯:
진짜 싫은 인간이었는데 사실은 오해였더라고요

앞에서 우리는 플롯이 '사건'을 중심으로 진행된다고 얘기했어요. 영화 〈오만과 편견〉의 원작인 제인 오스틴의 『오만과 편견』은 아주 유명한 문장으로 시작합니다.

"It is a truth universally acknowledged that a single man in possession of a good fortune must be in want of a wife (큰 재산을 가진 미혼 남자라면 마땅히 아내가 필요하다는 것은 누

구나 인정하는 진리다)."

이 문장이 유명한 이유에는 여러 가지가 있겠지만, 개인적으로는 소설의 '플롯'을 완벽하게 보여주기 때문이라고 생각합니다. 큰 재산을 가진 미혼 남자는 무엇을 의미할까요? 맞아요, 앞에서 우리가 얘기한 왕자님입니다. '꿈'인 거지요. 현실에서 이루어지기 힘든 '꿈'의 축소판입니다.

이 소설은 1813년에 출판되었어요. 얼마나 오래전에 쓰인 소설인가요. 그런데 우리가 살고 있는 시대에서도 그 '꿈'은 여전합니다. 그래서 영화, 드라마, 소설, 웹툰, 웹소설, 라이트 노벨 등등 수많은 콘텐츠에서 그 '꿈'과 관련된 스토리가 쏟아지고 있지요. 앞에서 얘기했듯, 이 소설은 로맨스 스토리의 고전이라고 불립니다. 『오만과 편견』을 두고 신데렐라 스토리의 표본이라고 하죠.

'가난하고 평범한 젠트리 계층 집의 둘째 딸인 엘리자베스 배넷이 자신이 가진 편견을 극복하고 오만하지만 잘생기고 부자인 귀족 다아시 피츠윌리엄과 결혼한 이야기'

제가 정리한 『오만과 편견』의 플롯입니다. 제목의 오만(Pride)은 귀족인 다아시를 가리키고, 편견은 중산층인 엘리자베스를 가리킵니다.

제인 오스틴이 쓴 소설들은 모두 결혼으로 끝이 납니다. 결혼은 여자주인공의 가장 큰 성공이지요. 당시의 결혼은 대단히 의미 있고 중요했는데, 인생의 전 과정에서 가장 극적인 순간이라고 합니다. 여주인공은 현실적 난관을 헤치며 남편을 선택하는 과정을 통해 자신을 발견하고 성장합니다.

〈구르미 그린 달빛〉 플롯:

신분 땜에 남장까지 했구만 남주랑 사랑에 빠졌네?
근데, 알고보니 남주 집안이랑 원수였다네?

그럼, 드라마 〈구르미 그린 달빛〉은 어떤가요. 이 드라마의 남자주인공 이영은 세자입니다. 나라에서 가장 존귀한 사람 중 하나이자 만인이 우러러보는 존재이며, 아직 사랑을 알기 전입니다. 진짜 말 그대로 왕자입니다. 바로 '꿈' 그 자체이지요. 홍삼놈이라는 남자로 살아야 했던 여자주인공 홍라온의 평생 소원이었던 여자의 삶을 이루어준 '꿈'입니다. 그녀는 남자주인공과의 사랑을 통해, 자신의 정체성을 되찾고 운명까지 극복할 수 있는 힘을 얻게 된 것이지요.

'소년이라고 오해받지만 사실은 여자인 홍라온이 빚 때문에 내시로 팔려간 궁에서 세자 이영과 비극적인 운명을 극복하고 사랑을 이루는 스토리'

제가 정리한 〈구르미 그린 달빛〉의 플롯입니다. 이 드라마에서 '남장여자주인공'은 가장 중요한 사건입니다. 다시 말해, 이 드라마의 플롯 그 자체인 거지요. 여자주인공에게 남장은 남자주인공과 만나게 된 계기이자 자기 운명의 무게를 의미하니까요.

큰 재산을 가진 미혼 남자: 사랑은 안 해봤지만 부자고 왕자야

『오만과 편견』과 더불어 〈구르미 그린 달빛〉은 넓은 시야로 보았을 때, '큰 재산을 가진 미혼 남자'와의 로맨스로 귀결됩니다. 고전에서 결혼은 사랑의 결실이므로, 미혼이라는 것은 '아직 사랑을 해본 적이 없다'는 것이고, 큰 재산을 가졌다는 것은 경제력이 있거나 권력이 있다는 뜻이지요. 200년 전에 쓰인 소설에도 최근에 쓰인 웹소설에도 '큰 재산을 가진 미혼 남자'와의 로맨스는 절대적인 법칙입니다.

뭐, 누군가는 너무 뻔하고 식상해서 옳지 않다고 할 수도 있어요. 하지만 그것이 옳다 혹은 옳지 않다는 논쟁은 이미 의미가 없습니다. 로맨스 플롯의 큰 **법칙** 중 하나로 자리 잡았을 뿐이니까요. 앞서 언급한 신데렐라 스토리인 것이죠. 하지만『오만과 편견』그리고 〈구르미 그린 달빛〉은 엄연히 서로 다른 사건들로 이루어져 있습니다.

플롯은 비슷해보여도, 절대 같지 않아

다시 말해서, 아무리 신데렐라 스토리라고 하더라도 그것이 어떤 사건들로 어떻게 진행되는지에 따라 작품의 재미는 완전히 색다르게 변한다는 것입니다.『오만과 편견』이 숱하게 많은 신데렐라 스토리 중에서도 단연 고전으로 꼽히는 이유도 바로 여기에 있습니다. 플롯은 비슷할지 몰라도, 제인 오스틴이 만들어낸 다채로운 인물들과 심리 묘사 그리고 흥미로운 사건들이 그녀의 철학과 맞물려 사람들의 **'공감'**과 **'재미'**를 이끌어낸 것이죠.

플롯은 비슷하지만, 결코 같은 건 없습니다. 이것이 플롯이 가지고 있는 가장 강력한 힘입니다.

그러니까, 주연이의 팬픽도 마찬가지입니다. 주연이의 팬픽도 신데렐라 스토리로 귀결될 수 있습니다. 단, 그 방향을 어떻게 잡느냐를 결정해야겠지요. 주연이는 이미 캐릭터 설정에서 남주를 굉장히 멋진 고등학생으로 만들었습니다. 춤도 잘 추고 노래도 잘 부르고 목소리도 멋지고 얼굴은 말할 것 없이 잘생기고 심지어 부자라는군요. 우리가 살고 있는 현대 사회에서 "쩐다"라고 말할 수 있는 모든 것을 갖추었네요. 그렇다면 주연이가 설정한 이 멋진 '꿈'으로 다가가기 위해서 여주를 어떻게 움직여야 할까요?

"플롯이 뭔지는 알았는데, 내가 쓰려는 팬픽의 플롯은 잘 모르겠어요."

플롯을 먼저 정하기가 어렵다면 우리가 먼저 만들어놓은 캐릭터들을 따라가봅시다. 어떻게 하냐고요? 재미있는 놀이로요.

누가 읽어도 부담스럽지 않고 편안한 느낌을 주는 부드러움, '플롯'을 함께 만들어봅시다.

나의 플롯을 모르겠다면 놀이로 찾아보자

여러분, 스무고개놀이를 알고 있지요. 이제부터 스무고개를 통해 주연이의 머릿속에 있는 플롯을 다 함께 찾아보도록 합시다. 제가 질문을 할게요. 여러분은 주연이와 함께 질문에 답을 해주세요.

- 첫 번째 질문, 남주와 여주는 어떻게 아는 사이입니까?
- "같은 반이요."

- 두 번째 질문, 그럼 둘의 첫 만남은 같은 반이 되었을 당시
  인가요?
- "아뇨, 둘의 첫 만남은 어릴 때예요. 둘은 소꿉친구거든요.
  남주와 여주는 서로 옆집에 살아요."

- 세 번째 질문, 그럼 둘은 서로를 아주 잘 아는 사이네요. 몇
  살부터 옆집에 살았나요?
- "다섯 살이요. 유치원을 같이 다녔어요."

- 네 번째 질문, 그럼 둘은 어떤 친구인가요?
- "......"

네 번째 질문에서 주연이가 말을 멈춥니다. 자, 여기까지 온
것도 대단합니다.

'과거'를 만들면 '현재'가 보이고, '미래'도 보여요

주연이는 저의 질문을 통해 남주와 여주의 **과거**에 대해 만들어냈어요. 소설의 시간은 언제인가요. 남주와 여주가 살고 있는 **현재**이지요. 과거가 없는 현재는 있을 수가 없습니다. 과거의 사건이 쌓여 현재가 되고, 현재의 사건이 쌓여 **미래**가 되는 것입니다. 남주와 여주의 썸타는 이야기는 미래를 위한 현재의 사건인 거죠.

시간의 흐름은 상관없어도 '과거'는 확실하게

국어 시간에 졸지 않았다면, 아마도 여러분은 소설의 시간 흐름에 대해서 배웠을 거예요. 과거에서 미래로 시간이 흘러가면 순행적 구조, 소설 중간에 회상 혹은 액자식이 들어가면 역순행적 구조가 되지요. 소설의 시간 흐름을 어떻게 하고 싶은지는 여러분의 마음입니다. 단, 그것은 소설의 시간이지 남주와 여주의 시간에는 반드시 '과거'가 있다는 사실이지요.

두 사람의 '과거'에 어떤 사건이 있었고, 그 사건이 모여서 어떤 '현재'가 되었을까요. 두 사람의 인생 그래프는 여러분이 만들

기에 달렸답니다. 저의 네 번째 질문은 바로 그것을 물어보고 있
는 거예요. 둘은 어떤 친구인가. 그것은 과거에 어떠했고 현재는
어떠한지를 묻는 것입니다. 그리고 여기서부터 플롯의 포인트가
등장합니다.

"머리 아파요. 잘 모르겠어요."

괜찮아요. 즐겁자고 쓰는 팬픽인데 절대 힘들어하지 마세요.

쉽고 단순하게 생각해도 괜찮아

힘이 들면 조금만 천천히, 뒤로 물러서서 생각해봅시다. 둘
은 어떤 친구일까요. 여러분이 표현할 수 있는 가장 단순한 단어
면 충분해요. 둘의 관계를 가장 잘 아는 것은 팬픽을 쓰는 여러분
이니까요.

둘은 친한 사이일까요? 나쁜 사이일까요? 서먹서먹한 사이
일까요? 그냥 남사친 여사친 사이일까요?

"그렇다면, 둘은 앙숙이에요."

좋아요. 주연이가 해냈습니다. 둘의 사이를 표현하는 중요한
포인트가 나왔습니다.

1) 남주와 여주는 다섯 살 때부터 옆집에 살았다.

2) 둘은 유치원을 같이 다녔으며 현재는 같은 고등학교의 같은 반이다.

3) 둘은 소꿉친구이며, 앙숙이다.

단순한 과거라도 쌓이면 큰 산이 된다고요

둘의 '과거'에 대한 정보가 점점 쌓여가네요. 내가 당장 생각할 수 있는 단어가 너무 하찮고 보잘것없다 느껴져도 걱정 마세요. 밀가루가 물을 만나 반죽 덩어리가 되듯이, 여러분의 단어들도 지금 물을 만나기 위해 쌓여가는 중이니까요.

- 다섯 번째 질문, 그럼 둘은 그리 친하지 않은 건가요?
- "초등학교까지는 같이 붙어다녔는데, 그 이후로는 서로 보면 으르렁거려요."

- 여섯 번째 질문, 초등학교 이후로 으르렁거리는 이유는 무엇인가요?
- "남주가 여주한테 까칠하게 대하기 시작했거든요."

- 일곱 번째 질문, 남주가 여주한테 까칠하게 대하는 이유는 무엇인가요?
- "음…… 캐릭터 설정에서 얘기했는데, 여주가 특별해서 그래요."

- 여덟 번째 질문, 남주에게 특별하다는 의미는 무엇일까요?
- "여주가…… 신경 쓰이기 시작했다는 거……?"

- 아홉 번째 질문, 신경 쓰인다는 건 좋아하는 감정인가요?
- "음, 네! 남주한테는 여주가 첫사랑이에요!"

- 열 번째 질문, 그럼 여주의 첫사랑은 누군가요? 남주인가요?
- "그게요…… 처음에는 둘이 서로가 첫사랑이라고 하려고 했는데…… 방금 뭐가 떠올랐어요. 여주 첫사랑은 초등학교 6학년 담임쌤이에요! 그래서 완전 인싸 캐릭터인 남주

가 유일하게 까칠하게 대하는 두 사람이 여주랑 6학년 담임
쌤이요!"

주연이의 설정 노트 (플롯 ver.)

1) 남주와 여주는 다섯 살 때부터 옆집에 살았다.

2) 둘은 유치원을 같이 다녔으며 현재는 같은 고등학교의 같은 반이다.

3) 둘은 소꿉친구이며, 앙숙이다.

4) 초등학교까지는 붙어다녔는데, 그 이후로는 서로를 보면 으르렁
   거린다.

5) 남주에게 여주는 첫사랑이다.

6) 여주의 첫사랑은 6학년 담임쌤이다.

7) 남주가 유일하게 까칠하게 대하는 두 사람이 여주와 6학년 담임
   쌤이다.

보세요, 벌써 이렇게나 둘의 '과거'가 채워졌습니다. 심지어
'첫사랑'이라는 중요한 사건과 6학년 담임쌤이라는 새로운 캐릭
터가 등장했네요. '첫사랑'이라는 사건으로 사교적 성격이지만 유

일하게 여주와 6학년 담임쌤에게만 까칠하게 대한다는 남주의 설정도 완성되었습니다.

'과거'가 완성되었으면 '현재'도 만들어보자

"그럼 이제부터 쓰면 되는 거예요?"

주연이가 자신감이 생겼나봅니다. 금방이라도 엄청난 팬픽을 쓸 기세네요. 하지만 조금만 더 진정하세요. '과거'를 채웠으면 '현재'도 채워야지요. 그래야 팬픽의 '미래'도 알 수 있지 않겠어요. 남은 열 고개를 넘어봅시다.

- 열한 번째 질문, 여주는 어떻게 6학년 담임쌤을 좋아하게 되었나요?
- "음, 잠시만요…… 생각 좀…… 담임쌤이 여주를 칭찬해줬어요. 뭘 좀 잘한다고."

- 열두 번째 질문, 뭘 잘한다고 칭찬을……
- "내가 이럴 줄 알았어! 그거 물어볼 줄 알았다고! 근데 모르겠어요!"

생각이 막히면 설정 노트를 펼쳐보자

자, 갑자기 생각이 나지 않나요. 그럴 때는 내가 적었던 캐릭터 설정 노트를 펴봅시다. 거기에 힌트가 있을지도 몰라요. 천천히 읽어보세요. 눈에 띄는 게 있지 않나요.

"음, 그러니까…… 아! 사진! 여주가 사진 잘 찍는다고 쌤이 칭찬해줬어요! 6학년 사진 찍는 특별 활동 시간이 있었거든요!"

- 열세 번째 질문, 사진은 남주가 싫어하는 거 아니었나요? 그게 여주와 관련이 있나요?
- "맞아요, 맞아요. 둘이 같이 특별 활동했는데 그때부터 남주는 사진이 싫어졌어요."

박수가 절로 나오네요. 아주 좋아요. 캐릭터 설정 노트에 남주에 대해 적어놓았던 '사진'이라는 단어를 발견해서 이렇게 살려냈습니다.

현재에 영향을 크게 끼치는 과거의 중요한 사건: 플롯의 중심

지금 말한 사진과 관련된 사건은 '현재'에 가장 큰 영향을 끼치는 **'중요한 사건'**이 되겠네요. 남주는 현재인 지금까지도 6학년 담임쌤에게 까칠하게 대하고, 사진 찍히는 걸 싫어하니까 말이에요. 그러니까 사진은 '과거'에도 있고 '현재'에도 있고 '미래'에도 중요한 역할을 하는 **플롯의 중심**인 거지요.

- 열네 번째 질문, 사진을 싫어하는 남주는 찍는 게 싫은 건가요? 아니면 찍히는 게 싫은 건가요?
- "둘 다 싫어해요. 워낙에 잘생겨가지고 고등학생이 되어서도 여기저기서 사진 찍히고 그랬거든요. 암튼, 둘 다 싫어해요."

- 열다섯 번째 질문, 여주는 지금도 사진을 찍나요?
- "음...... 아니요. 초등학교 졸업하고 사진 안 찍는데요. 아, 근데 이제 찍을 거예요."

- 열여섯 번째 질문, 이제 찍는다는 것은 팬픽 속에서 여주가 사진 찍는 결심을 한다는 것인가요?
- "네! 여주는 꿈이 뭔지 몰라서 답답하거든요! 그게 사진이

랑 연관이 생겨요!"

중요한 사건은 '현재'에 어떤 영향을 끼칠까: 사건

중요한 사건인 '사진'이 현재 두 인물에게 무슨 영향을 끼쳤는지 살펴보면 팬픽에 쓰일 흥미로운 사건들이 보입니다.

둘은 사진을 어떻게 생각할까? 사진을 좋아하는 사람과 사진을 싫어하는 사람은 어떻게 싸울까? 둘은 계속 싸울까? 언제쯤 화해를 할까? 등등 다양한 생각을 펼칠 수가 있지요. 이런 질문의 답은 곧 사건이 됩니다.

- 열일곱 번째 질문, 그럼 사진을 싫어하는 남주와 큰 갈등이 있겠네요?
- "어, 그것까지는 생각 못했는데 진짜 그러겠네요."

- 열여덟 번째 질문, 그럼 둘은 사진 때문에 크게 싸우나요?
- "아마도요……?"

빈틈의 충돌 → 사건이 생김 → 갈등을 불러옴

여주의 **'빈틈'**은 무엇이었나요? 꿈이 없다는 거였지요. 남주의 빈틈은 사진을 싫어한다는 거였어요. 둘의 빈틈이 부딪치자 무엇이 발생했나요. **'사건'**이 발생했습니다. 앞에서 빈틈은 **'갈등'**을 부른다고 말했지요.

맞아요, 갈등이 곧 사건입니다. 갈등이 없는 사건은 있을 수 없어요. 빈틈과 빈틈이 만나면 불이 붙고 갈등이 생깁니다.

- 열아홉 번째 질문, 그럼 둘은 어떻게 화해를 하나요?
- "그건 잘 모르겠는데…… 그냥 여주가 사진 찍어야 해서 남주한테 도와달라 그랬다가 거절당해서 삐쳐 있었는데…… 결국은 남주가 도와줘서 둘이 잘 풀리고 썸 타고 뭐 그런 거 쓰면 안 되나요."

- 스무 번째 질문, 팬픽의 플롯이 완성된 거 같은데 느껴지나요?
- "네! 이제 쓸 수 있어요!"

1) 남주와 여주는 다섯 살 때부터 옆집에 살았다.

2) 둘은 유치원을 같이 다녔으며 현재는 같은 고등학교의 같은 반이다.

3) 둘은 소꿉친구이며, 앙숙이다.

4) 초등학교까지는 붙어다녔는데, 그 이후로는 서로를 보면 으르렁 거린다.

5) **남주에게 여주는 첫사랑이다. ☆**

6) 여주의 첫사랑은 6학년 담임쌤이다.

7) 남주가 유일하게 까칠하게 대하는 두 사람이 여주와 6학년 담임 쌤이다.

8) 여주는 6학년 담임쌤이 사진 잘 찍는다고 칭찬을 해줘서 좋아했다.

9) 남주와 여주는 같은 특별 활동을 했는데 남주는 그때부터 사진 을 싫어했다. ☆

10) 남주는 사진 찍는 것과 찍히는 것 둘 다 싫어한다. (워낙 잘생겨 서 너무 많이 찍히니까)

11) 여주는 초등학교 졸업 이후 사진을 안 찍었는데 이제부터 찍을 예정이다.

12) 여주는 꿈을 몰라서 답답하다. 그런데 꿈이 사진과 연관이 생긴 다. ☆

13) 여주가 사진을 찍어야 해서 남주에게 도와달라고 했다가 둘이 크게 싸우고 여주는 삐친다.

14) 결국 남주가 도와줘서 잘 해결되고 (어떻게 해결되는지는 아직 모름) 썸 타고 뭐 그럴 예정이다.

15) 이게 플롯이 맞는지는 모르겠다.

주연이가 정리를 끝냈습니다. 그럼 주연이의 팬픽 플롯을 한번 살펴봅시다.

'사진을 좋아하는 여주 류주연이 사진을 싫어하지만 완전 쩌는 인기남 소꿉친구 정휘영과 썸타는 이야기'

뭔가 엄청난 수식어들이 들어갔지만 대충 이렇게 정리가 되네요. 주연이의 눈이 반짝입니다.

경험은 가장 좋은 글쓰기 선생님

"사실은 저도 그런 경험 있거든요. 초등학교 때 담임쌤이 칭찬해줘서 기뻤던 기억이 있어요. 그걸 살린 거예요."

너무도 좋은 방법입니다. 전혀 모르는 정보를 가지고 글을 쓸 수는 없어요. 경험을 통해 사건과 감정을 이끌어내는 건 글을 쓰는 훌륭한 방법이랍니다. 물론, 모르는 정보를 찾기 위해서 인터넷 검색과 책을 이용하는 방법도 있지요.

하지만 주연이가 직접 겪은 경험은 읽는 사람도 '공감'할 수 있는 감정이 담겨 있어요.

제목을 정하기 어려우면 중요한 사건을 떠올려보자

그럼, 주연이의 팬픽 제목은 무엇일까요. 뭐, 여러 가지 아이디어가 나올 수 있겠지만 아마도 플롯을 구성하는 가장 중요한 사건이자 단어가 제목이 되지 않을까요.

주연이의 팬픽에 담겨 있는 '과거'와 '현재'를 이어주는 가장 중요한 사건이…… 네, 바로 사진입니다. 사진을 통해서 사건이 벌어졌고, 현재에도 벌어질 예정이지요. 그럼 주연이의 팬픽 제목은 무엇이 될까요. 여러 가지 아이디어가 나올 수 있겠지만 아마도 '사진'과 관련이 있지 않을까요.

"폴라로이드! 저는 사진 중에서 폴라로이드가 예쁘더라고요!"

아주 좋은 제목이네요. 주연이의 작품은 어썸 팬픽 〈폴라로이드〉입니다. 이제 캐릭터와 플롯이 아름답게 어우러져서 재미있는 팬픽이 탄생하겠네요.

제누아즈의 달걀 = 팬픽의 플롯

생각해보세요. 향긋한 버터는 케이크를 먹고 싶게 만들어줘요. 하지만 향만 좋다고 맛있을 수는 없어요. 촉촉함을 위해 달걀 거품은 36~38도를 유지해야 합니다. 누구나 좋아하는 부드러움을 간직한 제누아즈가 만들어지지요. 플롯은 달걀처럼 우리의 팬픽을 촉촉하고 부드럽게 바꾸어줍니다.

제누아즈에 뭘 얹어볼까? 남이 잘 만든 케이크는 어디 없을까?

하지만 제누아즈는 케이크가 아닙니다. 케이크의 중심일 뿐이에요. 그 위에 내가 좋아하는 생크림이나 딸기나 초코를 올려야 해요. 장식이 필요한 것이지요. 어떤 케이크가 보기 좋고 예쁠까요. 내가 참고할 만한 샘플이 필요해요. 인터넷에 검색해봅니다. 혹은 도서관에 가서 케이크 정보가 담긴 책을 빌려도 좋아요.

우리도 마찬가지예요. 팬픽을 쓸 거예요. 그럼 잘 쓰인 **'샘플'**을 살피는 게 중요하겠지요. 그 샘플을 가리켜 우리는 이렇게 부릅니다.

'고전(Classic)'이라고 말이에요.

6장

유명하고, 맛있고, 예쁜 디저트를 찾아서
고전

고전

 '고전'이라는 단어는 앞에서 제가 종종 언급했지요. 그런데 대체 그 '고전'은 무엇일까요? 앞에서부터 궁금했던 친구들이 있다면 다음을 한번 봅시다. 먼저, 구글(Google)에서 "고전의 뜻"을 검색해보았어요. 그러자 여러 가지 고전이라는 단어들이 검색되었는데, 그중 고전(古典)을 찾아보았습니다.

고:전[1], **古典** 명사
1. 오랜 세월에 걸쳐 많은 사람들에게 높이 평가되고 애호된 저술이나 작품.
2. 옛날의 서적이나 작품.
3. 옛날의 의식(儀式)이나 법식.

앞에서 계속 얘기했던 고전은 바로 1번 의미입니다. 그래서 제인 오스틴의『오만과 편견』을 로맨스 스토리의 '고전'이라고 칭한 것이지요. 200년 동안 제인 오스틴의 소설은 많은 사람들에게 높은 평가와 사랑을 받았으니까요.『오만과 편견』뿐이 아닙니다. 가장 먼저 언급했던 피그말리온 신화나 나르키소스 신화도 고전입니다. 물론 신화는 특정한 누군가가 저술한 작품은 아니지만, 서양 문화사에서 절대적인 영향력을 끼친 콘텐츠입니다. 그럼 캐릭터와 플롯을 얘기할 때 예로 들었던 신데렐라 이야기는 어떨까요. 그것도 고전일까요?

신화도 전설도 민담도 고전

신데렐라 이야기는 입에서 입으로 전해내려오던 옛이야기를 독일의 그림형제가 엮었습니다. 다시 말해서, 신화처럼 특정한 누군가가 저술한 작품이 아니라 이를테면 전설이나 민담이라는 것이죠. 언제 탄생되었는지는 몰라도, 신데렐라 역시 지금 우리가 사는 시대까지도 전해내려올 만큼 강한 힘을 갖고 있어요. 역시 고전이라고 할 수 있습니다.

이왕이면 평이 좋은 샘플이 낫겠죠

우리는 힘든 현실 속에서 잠시 쉴 수 있는 즐거움을 찾아 맛있는 케이크 같은 팬픽을 쓰기로 했지요. 케이크를 만드는 방법처럼 재미있는 팬픽을 쓰는 방법까지 알았습니다. 그런데 내 손으로 직접 만들기 전에 다른 사람들은 어떻게 만들었을까 궁금해지기 마련입니다. 이왕이면 '많은 사람들에게 높은 평가를 받은 샘플'을 참조하고 싶어질 거예요. 유명하고, 맛있고, 예쁜 디저트 사진을 보면 내가 만들 케이크에 대한 생각도 넓어지겠지요.

바로 그런 훌륭한 샘플이 '고전(Classic)'입니다.

"그럼 〈구르미 그린 달빛〉은 뭐예요? 그것도 고전이에요?"

모티프

자, 드라마 〈구르미 그린 달빛〉 같은 경우, 원작이 동명의 웹소설입니다. 2014년에 완결된 소설이니, 당연히 고전은 아니겠지요. 하지만 이 작품은 고전을 '모티프'로 만든 드라마입니다. 모티프라는 단어도 한번 검색해볼게요.

모티프, motif 명사

1. 문화예술

   문학 및 예술 작품에 자주 반복되어 다루어지거나 나타나는 제재나 내용, 또는 문구(文句)나 낱말. 작품의 주제를 구성하고 통일감을 주는 중요 단위임. 우리 설화에서의 이별한 임, 시조에서의 소쩍새, 서양 동화에서의 요술 할멈이나 공주로 판명되는 초라한 아가씨 따위.

2. 음악 = 동기(動機)②.

3. 수예 등에서, 작품을 구성하는 기본 단위가 되는 무늬. 모티브(motive).

마찬가지로 구글 사전에서 찾아보았습니다. 제가 모티프라고 언급한 단어의 의미는 1번과 3번입니다. 자주 반복되는 내용 혹은 작품을 구성하는 기본을 의미합니다. 〈구르미 그린 달빛〉의 모티프는 여러 나라의 신화, 전설 그리고 민담에도 많이 등장하는 **'남장여자'**입니다. 여자인 등장인물이 정체를 숨기고 안전성을 확보받기 위해, 성별을 속이고 남자 역할을 하는 모티프이지요.

남장여자 이야기가 고전이었다고?

이 모티프로 고전이라 불리는 작품은 윌리엄 셰익스피어의 희곡 『십이야, 혹은 그대의 바람(Twelfth Night, or What you will)』입니다. 영국의 유명한 극작가인 윌리엄 셰익스피어 역시, 당시에 전해내려오던 신화, 전설, 민담을 모티프로 삼아 많은 작품을 썼습니다. 그의 작품은 지금까지도 엄청난 사랑을 받고 있지요. 엘리자베스 여왕이 셰익스피어를 두고 "식민지 인도와도 바꿀 수 없다"라고 했을 정도니까요. 『십이야』는 셰익스피어의 대표적인 희극(comedy)입니다. 행복한 결말로 끝이 나거든요. 엘리자베스 1세 시대에 탄생한 작품이지만 주인공들의 사랑은 굉장히 현대적이라고 평가받습니다.

『십이야』에는 비올라라는 여성이 등장합니다. 비올라는 침몰된 배에서 살아남아 일리리아라고 불리는 곳에 표류됩니다. 그녀에게는 세바스찬이라는 쌍둥이 오빠가 있지요.

> 비올라: 오시노. 아버님께서 그 이름을 말하시던데.
>
> 　　　　그때는 총각이셨죠.
>
> 선장: 지금도 그렇습니다, 최근까지는 그랬죠.

비올라: 오 내가 그분 시중을 들었으면,

그리고 세상에 드러나지 않았으면,

나 자신이 내 신분에 맞게

무르익을 때까지.

비올라: (……) 제 신분을 숨겨주시고, 저를 도와주세요,

제 의도의 모양에 맞게 제가 변장을 하고 싶거든요.

그 공작분 시중을 들 거예요.

저를 내시로 소개해주세요, 그분께.

1막 2장에 나오는 대사입니다. 그녀는 안전을 위해서 남장을 하고 일리리아의 공작 오시노에게 접근합니다. 그의 하인이 되려 하지요. 맞아요, 앞에서 『오만과 편견』의 첫 문장에 등장하는 '**큰 재산을 가진 미혼 남자**'의 맥락과 일치합니다.

『십이야』의 남주도 큰 재산을 가진 미혼 남자잖아?

『십이야』의 오시노도 마찬가지로 큰 재산을 가진 미혼 남자입니다. 로맨스의 시작이지요. '꿈'입니다. 제인 오스틴은 200년

전에 소설을 썼고, 셰익스피어는 400년 전에 희곡을 썼습니다. 그런데 어쩜 이렇게 로맨스의 법칙은 한결같이 우리에게 큰 영향을 끼칠까요. 신기하지 않나요.

『오만과 편견』의 다아시도, 『십이야』의 오시노도 사랑을 하기 전입니다. 로맨스가 시작되기 위한 조건에 충족되는 거지요. 여자주인공과의 만남은 그들로 하여금 사랑에 눈을 뜨게 만드는 시발점입니다.

『십이야』를 모티프로 만들어진 엄청 많은 '남장여자' 이야기

2007년 방영된 드라마 〈커피프린스 1호점〉 역시 『십이야』를 모티프로 삼아 만들어졌습니다. 여자주인공 고은찬은 가장 노릇을 하기 위해 '커피프린스 1호점'이라는 카페에 취직합니다. 그 카페의 사장 최한결과 처음에는 남자로, 후에는 여자로 우여곡절의 로맨스가 펼쳐지지요. 2009년 방영된 드라마 〈미남이시네요〉도 마찬가지입니다. 여자주인공 고미녀는 쌍둥이 오빠 고미남을 대신해서 아이돌 그룹에 합류합니다. 남장을 하고 아이돌 그룹으로 들어가 리더인 황태경과의 로맨스를 이루지요. 2010년 방영된 드라마 〈성균관 스캔들〉도 마찬가지입니다. 여주인공 김윤희는 죽은 아버지를 대신해 가장노릇을 하다가 병약한 남동생의 이름으로 성균관 유생이 되고, 그 안에서 여러 가지 사건을 겪으며 명문가의 자제인 남자주인공 이선준과 로맨스를 펼칩니다. 1999년에 개봉된 영화 〈셰익스피어 인 러브(Shakespear in Love)〉는 셰익스피어의 작품들을 엮어서 만든 영화입니다. 여자주인공은 배우를 하고 싶은 귀족 아가씨인데, 당시에는 여자가 배우를 할 수 없었기 때문에 남장을 해서 무대에 오릅니다. 귀족이자 여자라는 것을 숨기기 위해 남장을 한 것이죠. 영화는 셰익스피어의 『로미오와 줄리엣(Romeo and Juliet)』으로 시작해서 『십이야』로 끝이 나지요.

고전을 따라해? 표절 아니야?

'남장여자'를 모티프로 한 작품들은 훨씬 많습니다. 지금 이 순간에도 어디선가 이 모티프를 가지고 작품을 쓰는 작가들이 있을지도 모릅니다. 이 모든 작품은 '남장여자'라는 공통된 플롯이지만 그것을 풀어내는 방법은 천차만별입니다. 우리의 팬픽에도 똑같이 모티프를 담을 수 있습니다.

"이미 유명한 작품을 따라하는 건 잘못 아니에요? 표절 아닌

가요?"

아니요, 절대 그렇지 않아요. 고전에 쓰인 모티프는 그 누구의 것도 아닙니다. 얼마든지 팬픽에 쓸 수 있어요. 하지만 그 모티프를 풀어내는 방법과 대사, 표현 등은 특정 작가가 있다면 사후 70년까지는 분명한 저작권이 있습니다. 그래서 고전에 쓰인 플롯은 절대 저작권이 있을 수 없습니다. 단지, 같은 플롯이라고 하더라도 나만의 철학과 생각을 담아 표현하는 게 훨씬 중요합니다.

여러분의 책장을 한번 살펴보세요. 빛바래고 먼지 쌓인 고전 소설들이 있을지도 몰라요. 당장 꺼내어 읽어보세요. 여러분의 팬픽에 큰 도움을 줄 겁니다.

고전은 새로운 창작을 방해할까?

고전과 관련된 재미있는 일화가 있어요. 예전에 한 고등학교에서 아이들을 가르쳤을 때의 일이랍니다. 제 수업을 듣는 A군과 B양이 있었어요.

A군은 영화감독이 꿈이었습니다. 시나리오를 쓰기를 어려워하기에, 제가 제안을 했지요. 고전 소설을 읽어보는 게 어떻겠냐고 말이에요. 그러자 그 친구가 이런 말을 했습니다.

"저는 남이 쓴 건 안 읽어요. 제 창작에 방해가 되거든요. 쓰다가 나도 모르게 그 사람 걸 빼앗을 수도 있잖아요."

그러고는 그 친구가 주문한 책은 다름 아닌 지그문트 프로이트의 『정신분석 강의』와 『문명 속의 불만』이었답니다. 남이 쓴 건 읽지 않는다는 친구가 정신분석학의 고전이라 불리는 책을 읽는 게 몹시 흥미로웠지요. 아마도 그 친구는 남이 쓴 '창작물'에서 얻는 영감을 경계해야 한다고 생각했나봐요.

고전은 지루하고 재미가 없지 않을까?

B양은 책을 읽는 게 취미였어요. 시집도 좋아하고, 소설도 많이 읽었습니다. 웹툰, 웹소설, 드라마, 영화 등등 가리지 않고 즐겼어요. 우연히 그 친구가 사무엘 베케트의 『고도를 기다리며』라는 희곡을 읽은 것을 알게 되었습니다. 그 친구는 이렇게 말했어요.

"이제까지 고전은 **클리셰** 범벅에 뻔해서 지루하다고 생각했어요. 그런데, 이건 재밌었어요. 저는 불후의 명작만 고전이 될 수 있다고 생각했거든요."

저는 그 친구가 기특해서 크게 칭찬을 해주었습니다. 그리고 그 친구를 통해 '고전'에 대한 편견이 이런 식으로도 있다는 걸 깨달았지요. 자, 그런데 B양의 말 중에 중요한 단어가 있답니다.

클리셰

다시 구글에 검색해볼게요. **"클리셰의 뜻"**이라고 검색합니다. 그런데 구글 사전에서는 그 단어의 뜻이 나오지 않습니다. 연동된 '위키백과(wikipedia)'에만 뜨는군요. 그렇다면 『개념어 사전』(남경태, 2012)이라는 책을 펴보겠습니다.

클리셰 cliché

(……) 메시지를 전개하기 위한 상투적인 표현에 불과하다. 선거 유세나 자기소개서에 흔히 쓰는 "뽑아만 주신다면 열심히 일하겠습니다." 같은 문구는 너무도 당연한 말이기에 오히려 무의미하고 진부하다. 이런 문구들을 클리셰라고 부른다.

이 책에서는 클리셰를 상투적 표현, 무의미하고 진부한 표현이라고 말합니다. 네, 맞습니다. 여러분이 즐겨보는 많은 콘텐츠에는 이런 클리셰가 있습니다.

캐릭터 뺨에 그려진 빗금도, 비가 내리는 날씨도 클리셰였어?

예를 들어 웹툰에서 어떤 등장인물이 좋지 않은 생각을 숨기고 있다고 표현하고 싶으면 그림자가 드리우고 눈동자가 지워지지요. 또한 부끄러운 생각을 하거나 들키고 싶지 않은 마음을 갖고 있으면 등장인물의 볼에 발간 빗금이 그려집니다. 이것들도 클리셰입니다. 다른 예를 들면 TV드라마에서 등장인물이 운전을 하다 큰 결심을 하면 갑자기 운전대를 돌립니다. 그러면 차가 급히 유턴을 해서 돌아가지요. 또 등장인물의 감정이 극도로 슬프거나 비극적인 상황이 펼쳐지면 비가 내립니다. 이것들도 모두 클리셰입니다.

클리셰는 우리가 즐기는 모든 콘텐츠, 즉 문학, 영상매체, 웹매체, 소셜미디어매체 등등 플롯이 필요하다면 어디에나 숨어 있습니다. 단지 그것이 너무 당연하고 상투적이라서 우리가 신경을 쓰지 못하는 것뿐입니다.

B양은 고전이 클리셰 범벅이라고 생각했다고 했습니다. 맞습니다. 우리가 알고 있는 대부분의 클리셰는 아주 오래전부터 즐겨 사용했던 표현들입니다. 그러니 고전에서 가장 많이 찾을 수 있지요. 200년 전, 아니, 400년 전의 작품들에서 쓰인 플롯과 구성 및 표현이 지금까지도 쓰이는데 당연하겠지요. B양처럼, 클

리셰는 너무 뻔하고 식상한 것이라서 유치하다고 생각하는 사람들도 분명히 있습니다.

클리셰는 나쁜 것일까?

그것이 옳은지 혹은 옳지 않은지에 대한 판단은 개인의 취향에 따라 다릅니다. 클리셰를 탈피하고 신선한 작품을 창작하는 것도 좋고, 클리셰를 따라가서 편안한 작품을 창작하는 것도 좋습니다. 독자가 취향에 맞게 작품을 고르고 즐기듯, 창작자도 창작 취향이 있는 것이니까요. 앞에서 '남장여자' 설정에 대해서 말했지요. 만약 그 설정이 식상하다면 선택하지 않으면 됩니다. 하지만 그 설정이 좋다면 팬픽에 쓰면 됩니다.

여러분이 잘 알고 있는 『이상한 나라의 앨리스』를 한 번 떠올려보세요. 앨리스가 현실과 다른 차원의 세계로 떨어져 겪는 사건들이 주를 이루지요. 『도로시와 오즈의 마법사』는 어떤가요. 도로시가 태풍에 휩쓸려 마법의 나라 오즈에 떨어져 벌어지는 사건입니다. 주인공이 현실에서 벗어나 제3세계로 떨어져 그곳에서 모험을 하고, 영웅이 되며, 사랑에 빠지는 스토리를 많이 접해보셨을 거예요.

이제는 클리셰라고 불리는 다양한 플롯들

'타임 슬립', '타임 워프', '타임 리프', '타임 루프'처럼 **시간의 흐름**'에 대한 설정도 있습니다('타임 슬립'은 과거나 미래로 이동하는 것이며, '타임 워프'는 과거나 미래로 이동해서 벌어진 일 때문에 현재가 바뀌는 것이고, '타임 리프'는 과거로 거슬러 올라가는 것, '타임 루프'는 같은 시간이 계속 반복되는 설정입니다). 책이나 그림 같은 창작물에 빠져 모험을 한다는 설정도 있지요. 현실에 존재하지 않는 마법의 세계로 여행하는 **미지의 세계**' 설정도 '남장여자'만큼이나 클리셰라고 불릴 정도로 많이 쓰입니다.

하지만 여러분 중에 너무 재미있었다고 느꼈다면 자신의 팬픽에 써보세요. 쓰는 작업이 훨씬 즐겁고 재미있어질 테니까요. 읽는 것만큼이나 쓰는 작업도 '쉼,'이 될 수 있음을 발견할 거예요.

고전은 대단한 사람들이 쓴 작품일까?

고전 소설뿐만 아니라 여러분의 책장에서 오랫동안 꺼내지 않았던 동화책, 신화책, 이야기책은 아주 훌륭한 샘플입니다. 팬픽을 써야겠다는 생각을 갖고 읽어보면 아주 훌륭한 아이디어가

머리에서 샘솟을 겁니다. 그러나 고전이 훌륭한 샘플이라는 건 충분히 알겠는데 여전히 어렵다고 생각되는 친구들이 있을지도 모르겠어요.

"네, 맞아요. 고전은 진짜 훌륭한 사람들이 쓴 거잖아요. 저는 그냥 팬픽을 쓰는 건데 어떻게 그걸 흉내내요?"

주연이가 아주 크게 동감하네요. 훌륭한 사람들이라는 건 주연이가 갖고 있는 편견일 수도 있어요. 그들도 당시에는 환영받지 못하고 비난받았던 적이 있었거든요. 그럼, 이번에는 고전이 아닌 '팬픽'을 샘플로 삼아볼까요.

7장

오늘의 케이크
커피와 홍차 그리고 우유

오늘의 케이크

저는 '고전'을 쓴 사람은 아니에요. 저 역시 어떤 아이돌 그룹의 열렬한 팬일 뿐입니다. 덕질에 여러 가지 방법이 있겠지만 저는 글을 쓰는 사람이었기에 팬픽을 써야겠다고 결심을 했어요. 지금부터 제가 팬픽이라는 케이크를 만드는 파티셰가 되겠습니다. 향기롭고 부드러운 제누아즈를 먼저 만들고 거기에 장식까지 선보일게요.

오늘의 케이크 테마는 '커피와 홍차 그리고 우유'입니다.

삼각관계 로맨스? 너무 뻔하지만 재밌잖아?

저는 주연이가 좋아하는 아이돌 '어썸'을 주인공으로 팬픽을 써볼 거예요. 어썸은 5인조 남자 아이돌입니다. 그중 리더인 휘영과 용현을 등장시킬 예정입니다. 왜 두 명을 등장시키냐고요. 저는 여러 가지 설정 중에 '삼각관계'를 좋아하거든요. 여자주인공을 사이에 두고 남자주인공 둘이 대립을 이루는 설정 말이에요. 로맨스의 클리셰이지만 저는 진리라고 생각해요. 우선, 캐릭터 설정 노트부터 만들어볼까요.

차양의 설정 노트 (캐릭터 ver.)

1) 메인 남주

- 이름: 정휘영

- 나이: 27세

- 생일: 12월 30일

- 생김새: 잘 생겼다. 옷도 잘 입는다. 스타일이 좋아서 여자들에게 인기가 많다.

- 키: 168cm

- 성격: 잘생긴 외모이지만 결코 사람들에게 상냥하지 않다. 오히려 대놓고 면박을 주기도 한다. 사람들도 쉽게 다가가지 못한다. 까칠하면서도 다혈질이다. 하지만 좋아하는 사람에게 말은 까칠하

게 해도 행동은 잘해준다.

– 설정: 작곡가이다. 최근에는 한 뮤지컬의 음악 작업을 맡았다. 실
력은 있어도 겸손하지는 않다. 목소리가 너무 좋아서 직접 노래를
부르기도 한다. 일에 몰두하면 커피를 굉장히 많이 마신다.

– 빈틈: 자신의 마음에 솔직하지 못하다. 어린아이 같은 성향이 있
다. 로맨스와 사랑에 대한 음악을 작곡해야 하는데 슬럼프가 왔다.
로맨스와 사랑에 대해서 잘 알지 못해 답답하고 짜증이 나 있다.

2) 서브 남주

– 이름: 권용현

– 나이: 25세

– 생일: 9월 1일

– 생김새: 토끼처럼 귀여운 얼굴. 하지만 어른스러운 입술을 가졌다.

– 키: 178cm

– 성격: 정휘영이 도도하게 잘 생겼다면 이 남자는 귀여운 이미지에
사람들에게 상냥하고 친절하다. 하지만 일에 있어서는 냉정하다.
정휘영이 형이지만 절대 형 대접을 하지 않는다.

– 설정: 무대 연출을 한다. 평소에 홍차를 즐겨 마시는데 다즐링을
좋아한다. 최근에는 한 뮤지컬의 연출을 맡아 정휘영에게 작곡
을 맡겼다. 둘은 오랫동안 일을 해왔다. 슬럼프에 빠진 정휘영을

몰아붙여서 작업을 하게끔 만들려 한다.

– 빈틈: 상냥하고 친절해서 '저 사람이 나를 좋아하나' 오해하게 만드는 여지를 준다. 하지만 그렇지 않다는 게 문제다. 일에 있어서는 몹시 냉정하고 철저하다.

팬픽 속 아이돌은 새롭게 태어난 캐릭터

"잠깐만요! 어썸 오빠들이 실제랑 성격이 너무 다르잖아요! 휘영 오빠가 실제로는 얼마나 다정한데요! 용현 오빠는 진짜 유쾌하고 밝은 사람이에요!"

어썸의 열혈팬 주연이가 항의를 합니다. 자, 진정하세요. 앞에서 좋아하는 아이돌의 원래 모습을 담아내도 좋지만 좀 더 강하게 표현하는 것도 나쁘지 않다고 한 말을 기억해주세요. 이건 새로운 캐릭터입니다. 팬픽 속 인물은 얼마든지 재창조될 수 있답니다.

현실과는 다른 인물이니까요.

"알겠어요. 하지만, 우리 오빠들이 멋지지 않으면 가만두지 않을 거예요!"

네, 네. 정말 잘 써야겠네요. 그럼 이번에는 여주를 설정할게요.

---

3) 여주

- 이름: 장아영

- 나이: 22세

- 생일: 4월 21일

- 생김새: 아주 지극히 평범하게 생긴 아가씨

- 키: 160cm라고 주장하지만 사실은 158cm

- 성격: 긍정적이고 발랄한 성격이다. 불의를 보면 못 참고 싶어하지만 사실은 아주 잘 참는 인내심도 있다.

- 설정: 대학생이지만 휴학 중이다. 현재는 카페에서 친구 지혜와 알바를 하고 있다. 모태솔로이다. 연애를 꿈꾸지만 그게 쉽지 않다.

- 빈틈: 우유를 너무 좋아한다. 물보다 더 많이 마신다. 그래서 카페에 우유가 항상 부족하다. 술을 마시면 너무 잘 취하고 주사도 있다.

"캐릭터 설정에 벌써 테마가 다 나와 있어요! 인물들을 각각

커피, 홍차, 우유에 비유한 거 맞지요!"

네, 맞아요. 아주 잘 보셨습니다. 저는 캐릭터를 설정하면서 동시에 그들의 캐릭터 특징을 작품 테마와 연결시켰습니다. 테마가 '커피와 홍차 그리고 우유'이므로, 인물들이 그 음료를 좋아하는 것으로 설정했지요. 제가 어떻게 이런 테마를 가지고 인물을 설정하게 되었는지 궁금하신가요.

이 세상 모든 책은 영감을 주지요

어떤 책을 읽던 중이었어요. 그 책에 '차 vs 커피'의 세계사에 대한 내용이 있었지요.

> 홍차는 진하고 감칠맛 나는 부드러운 분위기와 격조 있는 문화 예술을 만들어냈습니다. 반면 커피는 활력 있는 분위기와 사업적인 발전, 가격적인 진보를 이룸으로써 근대 이후의 세계를 지배할 수 있었습니다. (『세계사를 움직이는 다섯 가지 힘』, 사이토 다카시, 2010)

"도대체 여기 어느 부분에서 캐릭터 설정이 가능해요? 말이 너무 어렵고 재미는 하나도 없잖아요!"

주연이 말이 맞습니다. 이 책은 재미를 추구하는 책은 아닙니다. 정보를 전달하는 지식서인 거죠. 하지만 저에게는 홍차와 커피라는 두 음료의 특징이 무척 매력적으로 느껴졌습니다. 그리고 문득 이런 생각이 들었지요. '커피와 홍차를 각각 인물로 표현하면 어떻게 될까?'

은유로 캐릭터를 설정해보자

은유(metaphor)는 글을 풍성하게 해주는 표현법의 일종이에요. 시나 소설, 수필 같은 글에서 은유가 사용된 다양한 글귀를 찾아볼 수 있어요. "너는 나의 빛나는 태양"이라던가, "내 마음은 거친 바다" 같은 표현 말이에요.

하지만 은유는 꼭 문장을 쓸 때에만 사용되지 않아요. 캐릭터를 설정할 때도 사용할 수 있답니다. 저는 인물들에게 홍차의 '부드러운 분위기' 그리고 커피의 '활력 있는 분위기'를 투영했어요. 커피문화권에서는 일할 때 커피를 마시는데, 차문화권 사람들은 쉬기 위해서 차를 마신다고 하더군요. 저는 두 음료의 분위기와 역할이 마치 여주인공을 사이에 둔 두 남자의 대결처럼 느껴졌어요. '남주＝커피', '서브 남주＝홍차'라고 설정한 거지요. 커피와 홍차의 뚜렷한 개성을 남주와 서브 남주에게 부여해서 삼각관계를 더 매력적으로 만들고 싶었습니다. 남주는 커피의 진하고 시크한 느낌을, 서브 남주는 홍차의 부드럽고 엘레강스한 느낌을 주려고 했지요.

저처럼 생각지도 못한 경험에서 작품 설정에 대한 영감을 얻을 수도 있습니다. 그리고 그런 경험은 생각보다 훌륭한 결과물을 낳을 수도 있지요.

차양의 설정 노트 (캐릭터 ver.)

1) 여주는 카페에서 일한 지 꽤 오래되어서 사장이 믿고 자리를 자주 비운다.

2) 여주가 일하는 카페는 합정 카페거리에 있고, 장사가 꽤 잘된다.

3) 여주는 틈만 나면 우유를 마신다. ☆

4) 서브 남주는 작업실로 갈 때마다 여주네 카페에 들러서 항상 다즐링을 시킨다.

5) 서브 남주는 여주와 친구에게 다즐링 프린스라고 불리고, 카페 손님들 사이에서 이미 유명하다.

6) 서브 남주는 뮤지컬 연출가이고, 메인 남주는 작곡가이다.

7) 작곡가 메인 남주는 음악을 아직 완성하지 못했고, 몹시 예민하고 짜증이 나 있는 상태다.

8) 메인 남주는 서브 남주의 연락을 보름 넘게 피해왔고 만나기 전날에도 밤을 샜다.

9) 여주는 우유를 마시다가 틴트와 섞여버렸고, 그걸 본 메인 남주는 독설을 날린다. ☆

10) 메인 남주와 서브 남주는 일 때문에 말다툼을 한다.

11) 여주는 카페의 우유를 다 마셔버렸고, 서브 남주에게 우유를 주지 못한다. ☆

12) 서브 남주는 여주가 마시던 우유를 메인 남주 앞에서 보란 듯 가져간다. ☆

13) 메인 남주가 슬럼프가 온 이유는 로맨스나 사랑을 잘 모르기 때문이다.

14) 서브 남주는 메인 남주에게 연애를 하라고 충고한다.

15) 메인 남주는 무조건 에스프레소 아니면 아메리카노만 시킨다.

16) 여주는 매일 찾아와 하루종일 괴롭히는 메인 남주 때문에 카페 알바가 힘들어진다. ☆

17) 여주는 서브 남주의 데이트 신청에 생전 처음 풀메이크업을 해본다.

18) 서브 남주는 자기 대신 메인 남주를 내보내는 계략을 짠다.

19) 여주가 메인 남주 앞에서 주사까지 부리지만, 우유까지 사다준다. ☆

20) 메인 남주는 여주 덕분에 음악을 완성할 수 있게 된다.

스무고개는 아니지만, 저도 설정을 20개에 맞춰보았답니다.

홍차와 커피를 보고 인물을 떠올린 만큼, 저는 여주의 직업을 카페 알바생으로 정했습니다. 항상 음료를 가까이에 두는 일이니까요. 그리고 여주를 상징하는 음료를 우유로 정했습니다. 그 이유는, 홍차와 커피에 우유가 들어가면 더 부드러워지잖아요. 제가 염두에 둔 **'삼각관계'**를 표현하고 싶었거든요. 그리고 메인 남주와 서브 남주가 각각 자신의 캐릭터를 나타내는 음료를 좋아하는 것으로 설정했답니다.

그리고 제가 정한 여주의 '빈틈'은 우유였어요. 좋아하는 우유를 마시다가 틴트와 섞어버린 여주를 보며 메인 남주는 독설을 날리지요. 거기에 여주는 빈정이 상합니다. 9번 설정이 그 첫 번째 갈등입니다.

사랑스러운 분위기의 팬픽은 '빈틈'도 사랑스럽죠

"근데요, 여주의 '빈틈'이 약해 보여요."

네, 맞아요. 지금 설정에서 보이는 '빈틈'이 약한 이유는 제가 심각한 플롯을 구상한 것이 아니기 때문입니다. 가볍고 부담 없는 로맨스를 쓰고 싶었거든요. 하지만 약하다고 해도 인물 입장에서는 큰 시련이 오는 건 똑같아요. 서브 남주를 마음에 두고 있었는데 메인 남주의 독설에 상처를 받았다거나 하는 시련 말이에요. 물론 시련의 정도가 귀엽고 사랑스럽지요.

게다가 우유를 너무 좋아한 나머지 카페 우유까지 다 떨어졌고, 결국 여주는 서브 남주에게 필요한 우유를 주지 못했어요. 하지만 서브 남주는 메인 남주 앞에서 보란 듯이 여주가 마시던 우유를 가져갑니다. 이것이 바로 12번, 두 번째 갈등입니다.

그리고 메인 남주는 항상 여주 카페에 찾아와 에스프레소와 커피만 시키며 괴롭힙니다. 어린애 같은 성향이 있으니까요. 여주는 점점 메인 남주와 갈등이 커지지요. 16번이 세 번째 갈등입니다.

이 세 갈등을 해결하는 것은 여주의 주사입니다. 우유 때문에 독설을 날렸던 메인 남주가 주사를 부리는 여주에게 우유를 사다줍니다. 그리고 메인 남주는 로맨스와 사랑의 음악을 완성할 수 있게 됩니다.

'우유를 좋아하는 카페 알바생 장아영이 홍차를 좋아하는 다정남 권용현의 계략에 휘말려 커피를 좋아하는 까칠남 정휘영에게 로맨스와 사랑을 알게 해주는 스토리'

제가 정리한 플롯입니다. 인물을 상징하는 우유, 홍차, 커피가 들어가고 메인 남주의 '빈틈'이 핵심으로 들어가 있지요. 로맨스와 사랑을 알지 못한다는 '빈틈' 말이에요.

원래는 능력 쩌는데 현재 위기에 빠진 남주

이 팬픽에서 여주와 남주가 썸을 탈 수 있는 요건은 '큰 재산을 가진 미혼 남자'가 아니라 **'능력 있는 미혼 남자'**라고 해야겠네요. 물론 큰 재산과 능력은 비슷한 상관관계에 놓여 있습니다.

능력이 넘치는 영웅이지만 현재는 위기에 봉착해서 구원을 받으려 노력하는 플롯은 신화에서 많이 다뤄졌어요. 미궁의 미노타우르스를 무찌르려는 테세우스를 돕는 아리아드네 이야기가 대표적입니다. 뭐, 아리아드네는 나중에 테세우스가 아닌 디오니소스의 아내가 되긴 하지만 말이에요. 우리나라의 평강 공주 설화도 비슷하겠네요. 궁에서 쫓겨난 평강 공주가 바보 온달을 만나고 그를 구국의 영웅으로 만든 것도 비슷한 맥락의 플롯입니다.

예술가가 주인공인 경우, 이 팬픽의 남주처럼 극심한 슬럼프에 빠져 영감을 주는 존재를 찾기 위해 노력하는 플롯이지요. 흔히 '뮤즈(Muze)'라고 하는데, 뮤즈를 찾아 영감을 얻고 사랑도 얻는 플롯도 있습니다.

케이크에 나만의 장식을 얹어보자

아무튼, 이 팬픽에서는 심각한 분위기가 아닌 밝고 명랑한 분위기이기 때문에 플롯의 강도가 약하게 느껴질 수 있어요. 그렇지만 앞에서도 말했듯 플롯은 비슷할지 몰라도 표현하는 방법은 작가의 철학과 개성에 달려 있습니다. 그것은 제누아즈 위를 어떤 것으로 장식하느냐와 같아요. 저는 향기롭고 부드러운 제누아즈에 우유로 만든 생크림을 덮고, 커피와 홍차의 향이 담긴 초콜릿을 얹었습니다. 맛은 너무 강하지 않게, 누구라도 좋아할 수 있게 말이에요.

그럼, 이 팬픽의 제목은 무엇일까요. 제가 정한 제목은 **"커피와 홍차 그리고 우유"**입니다.

커피와 홍차 그리고 우유

w. 극작가차양

1. 홍차 왕자와 커피 마왕

우유는 맛있다. 왜 맛있느냐고 굳이 물어볼 사람도 없겠지만 그래도 말해줄게. 오직 우유맛만 느낄 수 있으니까. 내가 좋아하는 건 초코 우유도, 딸기 우유도 아닌 그냥 하얀 우유다. 어떤 애들은 내가 우유 덕후라고 말한다. 우유가 뭐가 맛있냐고 타박도 많이 받았다. 하지만 어쩌겠어. 그냥 난 우유가 제일 좋아. 그렇게 우유 사랑으로 살아온 세월이 어언 22년째다.

그런데 말이야, 그때부터였을까. 내 입맛이 조금씩 바뀌어고 있었던 게 말이야. 스물두 살이 된 그해 겨울이었을까.

그 겨울 나는 문득, '달달함'이 무엇인지 궁금해졌다.[1]

* * *

"넌 변비는 없겠다, 하도 우유를 처먹어서."

우유 많이 마시는 사람은 키도 크고, 뼈도 튼튼할 거고, 피부도 우윳빛이자 장운동도 활발할 거라는 속설은 다 거짓말이다. 내 키는 우기고 우겨서 160cm이고, 피부도 우윳빛과는 거리가 멀거든. 물론, 변비도 가끔 있고 말이다. 뭐, 그중에 나와 일치하는 게 있다면 이 저주받은 통뼈랄까. 근데, 이것도 우유 때문은 아니다. 날 낳고 기른 우리 엄마의 골격을 물려받은 거지.

야, 아무리 그래도 카페 알바하면서 변비 얘기를 하는 건 너무 센스 없는 거 아니니. 그나마 손님이 얼마 없는 시간대라 다행이구나.

점심 먹은 사람들이 몰리는 지옥의 1시 타임이 막 끝이 나서 테이블은 절반만 차 있다. 주문받고, 에스프레소 내리고, 과일 갈고, 생크림 올리고, 시나몬 뿌리고 등등 아주 미치는 줄 알았다. 덕분에 뻣뻣해진 승모근이 나를 부른다. 주먹으로 콩콩 두드리며

---

1   여주의 빈틈이자 중요한 설정인 '우유'와 관련된 내용을 미리 언급합니다. 글의 가장 첫 부분에 언급함으로써, 앞으로 이어질 사건 속에 우유가 중요한 포인트가 된다는 것을 알려주지요. 특히, 여자주인공에게 '지금까지와는 다른 무언가가 펼쳐진다'라는 것은 로맨스물에서 중요한 클리셰입니다. 그 무언가는 당연히 남주와의 관계를 말하는 것이고요.

카운터 의자에 앉았다. 그리고 우유 컵을 들어 단숨에 들이켰다. 고소하고 시원한 우유가 목구멍 한가득 차올라 있던 갈증을 녹여 내린다. 아저씨처럼 씨언하게 '캬아' 소리를 내고서 나는 알바 친구 지혜에게 핀잔을 주었다.

"그렇게 웅가님과 면접하고 싶으면 약을 먹어. 아님, 고기를 작작 처먹던가."

어제도 저녁으로 수제 햄버거 하나 뚝딱 해치우신 지혜는 남친은 끊어도 고기는 못 끊는다며 거울을 향해 눈을 희번덕 치켜뜬다. 그리고 빠른 손놀림으로 번진 마스카라와 아이라이너를 다듬는다. 야, 니 눈 무서워 죽겠어. 무슨 호러 영화 찍냐.

"카페에 누구 옴? 왜 그렇게 화장에 공을 들여?"

"이건 그냥 화장이 아니야. 솔로 인생의 마침표를 찍어줄 마법이라고."

진짜 마법 같은 소리 한다. 마시던 우유를 확 얼굴에 부어버릴까. 나는 키득거렸다.

카페를 오픈한 이후 계속 돌아가던 음악 리스트가 다시 원점으로 돌아왔다. 제프 버넷이 스피커 너머에서 감미롭게 노래 부른다. 에스프레소에 하얀 우유가 춤을 추며 가라앉는 듯 은은하게 퍼지는 목소리에 콧노래가 절로 나온다.

'딸랑'. 카페의 문이 열리고 찬바람이 스며들어온다. 그리고 카페의 손님들의 호흡이 일순간 멈춘다. 찬바람의 여운을 달고 저벅거리며 걸어오는 블랙 컨버스, 흔하디 흔한 컨버스가 저렇게 간지날 수가 있다니.

아, 그러네. 지혜의 공들인 마법은 저분을 위한 것이었군.

진짜 현기증 날 정도로 귀엽게 생겼구나, 찌밥.

"거기서 5분만 더 걸어와요. 응, 끊어."

통화를 종료하고 그는 우리를 향해 빙긋 웃었다. 우와, 남자가 저렇게 귀엽게 웃을 수도 있다니. 나도 모르게 주머니를 뒤적거려 틴트를 꺼내 급히 입술에 발랐다.

"안녕하세요, 다즐링으로 부탁드려요."

"네! 다즐링 준비하고 있었어요!"

아이고, 깜짝이야. 옆에서 지혜가 우렁찬 목소리로 대답한다. 거기에 그는 잠시 흠칫 놀라더니, 다시 빙긋이 웃었다. 나도 모르게 침을 꼴깍 삼켰다. 나뿐만 아니라, 카페의 모든 여자 손님이 그랬다.

이 남자는 한 일주일 전부터 점심의 지옥타임이 끝나면 나타났다.[2] 베이비펌을 한 앞머리 사이로 보이는 둥근 안경테, 그 너머로 사슴을 닮은 갈색 눈동자가 아주 사람 심장을 난타한다. 아, 심장 아파. 한 손으로 심장을 부여잡고 나는 곁눈질로 그를 살폈다. 콧대에 아주 베이겠다. 귀여운 인상과는 다르게 입술은 엄청 어른스럽다. 아랫입술에서 턱으로 넘어가는 곳에 자리 잡은 점이 자꾸 눈길을 사로잡네.

증말, 남의 입술은 왜 자꾸 쳐다보는데? 나 진짜 변태 아니야? 모태솔로라는 티를 너무 팍팍 내잖아. 눈물 좀 닦을게요, 찌밤.

뭐 암튼, 저 남자가 처음 우리 카페에 나타났을 때, 나는 우유를 사러 마트에 가 있었다. 우유를 사들고 카페 문을 열자, 카페에 앉은 여자 손님들부터 쇼윈도 앞을 지나던 행인들과 나의 절친의 시선까지 모조리 사로잡아버린 저 남자는 여유 있게 카페 소파에 앉아 다즐링을 마시고 있었다.

유러피언 프린스 같은 자태로 다즐링을 마시다니. 이건 진짜 팬픽에서나 나올 얘기 아니냐.

"다즐링 나왔습니다, 손님!"

지혜가 한껏 목소리에 애교를 담아 말하자 다시 다정하게 웃으며 "고맙습니다" 말한다. 아, 미치겠다. 진짜 너무 귀엽잖아. 카페 끝자락에 앉아 있던 여자 손님 둘이 결국 참지 못하고 "꺄아"

---

2 서브 남주가 일주일 전부터 나타났다는 것은 여주가 '지금까지와는 다른 무언가가 펼쳐진다'는 클리셰의 시작점입니다. 일주일 이전에는 지금까지와는 같았지만, 일주일 이후부터는 지금까지와는 다르게 삶이 흘러가고 있다는 것이지요. 그녀는 서브 남주에게 호감을 느낀지 일주일이 된 것입니다. 이 감정은 이후에 나타날 메인 남주와의 감정선에 영향을 끼칩니다. 서브 남주에게 호감이 있으니 메인 남주를 처음부터 좋게 볼 수가 없었던 거지요.

탄성을 지른다. 저는 내면의 비명을 질렀는데 대신 질러줘서 고마워요.

지혜와 나는 카운터에 몸을 숨기며 주저앉았다. 대신 두 마리의 미어캣이 되어 고개를 내민 채로 열심히 염탐했다. 그는 다즐링을 마시며 테이블에 올린 맥북을 보고 있었다.

"일하는 남자가 저렇게 섹시할 수 있다는 걸 오늘 처음 알았다."

"대체 뭐 하는 사람일까. 너무 궁금하다."

나의 중얼거림에 지혜는 핸드폰을 꺼내어 검색을 하려다가 이내 본능을 참지 못하고 카메라 어플을 켜서 촬영 버튼을 연신 누른다. '찰칵, 찰칵' 소리가 아주 잘도 울려퍼지네. 야, 도촬을 하려면 무음은 기본 아니냐.

하긴, 제프 버넷의 섹시한 음악을 배경 삼아 일하는 저 남자의 자태는 도촬 본능을 불러일으키고도 남기는 해.

"저 남자 모델 아냐? 그래서 요즘 여기로 촬영 나오는 거 아닐까? 와이씨, 사장님. 그동안 욕해서 미안해요. 저 이 카페에서 말뚝 박고 살게요."

지혜가 옆에서 쉬지 않고 중얼거린다. 그 중얼거림에 나는 지극히 공감 또 공감했다. 근데, 계속 훔쳐보는 것도 영 못할 짓이다. 다리가 너무 아파. 결국 나는 끙하는 소리를 내며 일어났다. 그리고 좀전에 마시고 남은 우유를 마저 비우려고 잔을 들어서

쭈욱 들이켰다.

"푸우웁!"

"헐! 저 남자 지금 나 본 거임? 나 본거야? 나 봤어?"

나는 우유가 입에서 뿜어져 나올 뻔했다. 두 손으로 입을 틀어막은 나는 두 눈을 크게 떴다. 다즐링을 홀짝이며 그가 분명 우리를 보고 있다. 지혜는 망상의 늪에 빠져 허우적거린다. 그는 한참 우리를 보더니 다시 빙긋 웃었다. 큐피트의 화살이 나와 지혜의 머리 위로 비처럼 쏟아졌다.

왜 쳐다보지? 왜 웃지? 나 우유를 너무 아저씨처럼 마셨나? 땡볕 아래 새참 받은 농부의 막걸리포스라는 얘기는 좀 듣긴 했는데, 그게 보였나? 엄청 웃겼나?

오만가지 생각이 머리를 어지럽히는데, 그가 반지 낀 엄지손가락을 들어 입가를 슬쩍 문지른다.

"우어어어……! 엄마, 딸 죽어요……!"

지혜가 옆에서 피토하는 심정으로 속삭이듯 울부짖었다. 나는 그의 엄청나게 섹시한 제스처를 멍하니 보다가 설마 하는 기분에 급히 내 입을 손등으로 문질렀다. 그러자, 그가 피식 웃는다.

으아아, 나 때문이구나. 나는 발갛게 달아오르는 얼굴의 열기를 손등으로 느끼며 의자에 주저앉았다. 벅벅 문지른 손등을 떼자 코랄빛 틴트가 우유와 함께 묻어 나왔다. 이불이 아니라 우주까지 발을 뻥뻥 차고 싶어 미칠 지경이다. 나는 급히 지혜가 보던 거울을 찾아 헤맸다.

"좌회전, 아니, 왼쪽으로 돌라고요. 내가 밥 먹는 손 반대라고 했잖아. 멍청하긴, 유치원생이야?"

으응? 저 고급스러운 자태의 주인공 입에서 무슨 말이 쏟아지는 거람?

나는 깜짝 놀라서 다시 카운터 아래로 몸을 숙였다. 저 섹시한 입술에서 쏟아지는 거친 말도 진짜 오질나게 잘생겼다. 물론, 말이 어떻게 잘생겼느냐는 태클은 정중히 사양하겠다.

지혜는 아예 작정을 했는지 카메라 앱을 다시 켜서 이번에는 녹화 버튼을 누른다. 나는 겁이 덜컥 났다. 얘가 진짜, 들키면 어쩌려고. 나는 지혜를 만류하기 위해 손을 뻗었다.

그때였다.

'딸랑' 다시 카페의 문이 열렸다. 우리의 불법 촬영 현장을 덮치는 차가운 바람에 나는 깜짝 놀라 자리에서 일어났다. 그리고 알바생의 본문을 다 하는 말을 외쳤다.

"어서 오세요!"

그리고 열린 카페 문으로 걸어 들어온 것은…… 오, 마이 갓…… 내가 지금 뭘 본 거야?

"대박! 대애박! 저 남자 뭐야!"

알바생 주제에 목소리도 큰 지혜의 감탄사는 이미 카페의 모든 여자 손님들의 머릿속에 떠오른 주문과도 같겠지. 그래, 도대체 저 남자는 또 뭐냐. 여기 현실 세계 맞는 거야. 갑자기 4차원 미지의 세계로 떨어진 건 아니냐.

애쉬 브라운으로 염색한 앞머리를 쓸어 넘기는 실버 반지들 사이로 깊고 진한 눈동자가 선명하게 보였다. 나는 순간, 그에게서 커피향이 난다고 느꼈다. 막 볶은 커피 향처럼 진하게 퍼져오는 그의 눈동자가 너무 강렬해서 나는 숨 쉬는 걸 잊어버렸다.

조금은 피곤한 듯, 충혈된 눈으로 싸늘하게 바라보던 그의 입술에 차가운 미소가 번진다. 밖에 휘몰아치는 겨울바람이 그의 얼굴 곳곳에 배어 있다. 왼쪽 귓불에 달린 피어싱이 반짝였다.

그가 눈동자의 방향을 바꾸어 내가 있는 곳을 바라본다. 나는 흠칫 놀랐다. 방금 내가 너무 크게 말했나. 나도 모르게 쫄아서 입을 꾹 다물었다. 그러자, 그 냉미남이 커피향을 닮은 눈동자를 굴려 나를 훑어본다. 그러고는 이내 '흐응' 하고 낮은 웃음소리를 낸다. 그 웃음은 막 뽑은 진한 에스프레소 같았다.

"야, 아는 남자야?"

지혜가 나를 툭툭 치며 속삭이듯 묻는다. 그럴 리가 있냐. 내 인생에 저런 미남 오브 미남은 지인 카테고리에 있을 수가 없다고. 내가 도리질을 하자 지혜는 다시 묻는다.

"근데 널 왜 쳐다봐?"

나도 모르겠다. 왜 저렇게 날 보는지 당췌 이유를 모르겠다고. 진짜 탑에서 내려온 마왕이 나를 바라보는 기분이 들어 죽을 지경이야. 근데 그 마왕이 너무 잘생겼어. 저 잘생김이 나의 현실을 판타지로 바꾸는 중이라고.

"이 카페 상한 우유 팔아? 색이 왜 저 지랄이야?"

무, 무어라고. 머리털 나고 처음 듣는 어마어마한 독설이 판타지 속 마왕을 닮은 남자의 입에서 튀어나온다. 나는 더듬거리며 거울을 찾아 입술을 확인했다.

그랬다, 나는 아직 입술에 남은 틴트와 우유 거품의 범벅을 지우지 못했다.[3]

* * *

"아, 아메리카노 나왔습니다아……"

지혜는 마치 수전증에 걸린 사람 마냥 덜덜 떨리는 손으로 머그잔을 내려놓았다. 하지만 몹시 긴장한 나머지 머그잔에서 튕겨

---

3 연재를 염두에 두고 쓴 게 아니라 단편인 경우, 갈등을 초반부터 내세우는 경우가 많답니다. 특히, 남주와 사이가 좋지 않았다가 점점 호감을 갖게 되는 경우는 더더욱 그렇지요. 여주가 반감을 가질 수밖에 없는 이유를 처음부터 강하게 내세우면 갈등은 커지고 커진 갈등을 봉합하는 과정이 스토리의 중심이 서게 됩니다.

나온 몇 방울의 커피가 테이블 위에 떨어진다. 지혜는 금방이라도 울 것같이 서둘러 카운터로 뛰어온다.

지혜가 저러는 것도 이상한 일이 아닌 게, 마왕을 닮은 저 남자…… 망할 놈의 독설가[4]가 우리의 다즐링 프린스 앞에 앉아 있기 때문이다. 그런데, 서로를 노려볼 뿐 한마디를 하지 않는다. 분명 우리 카페는 히터를 빵빵하게 틀었는데, 어찌하여 시베리아 한복판 마냥 싸늘할까.

"밥 먹는 손 반대?"

이윽고, 독설가가 입을 열었다. 와, 목소리 까는 것 보소. 밤에 들으면 아주 오줌 싸겠네.

"나 양손잡이거든?"

이제 보니 마탑의 마왕이 아니라 얼음성의 엘사였구나. 입만 열면 얼음이 우수수 떨어지네. 나는 그를 노려보며 물티슈로 입술색이 없어질 정도로 빡빡 문질렀다. 독설가의 말에 다즐링 프린스가 빙긋이 웃는다. 세상 무서울 거 없다는 저 몹시 착하고 귀여운 웃음 앞에서 마왕의 혈압이 점점 차오르는 게 내 눈에도 다 보인다.

"양손잡이면 뭘 해요? 곡도 못 쓰는데?"

둥근 안경테를 손으로 추켜올리며 다즐링 프린스가 나긋하게 말한다. 그러자 순간, 마왕의 입술에서 우득 하는 소리가 들린다.[5] 어휴, 살벌해라. 지혜와 나는 카운터에 웅크리고 앉아 숨을 죽였다.

"왜, 좀 썼어요?"

다즐링 프린스가 깍지를 끼운 손에 턱을 괴고서 말한다. 마왕이 천천히 고개를 들어올려 눈을 내리깐다. 날렵하게 떨어지는 턱선에 감탄하려는 찰나, 나는 저 인간이 내게 무슨 독설을 날렸는지를 깨닫고 고개를 휘휘 저었다.

나쁜 자식, 복수해야 하는데. 저 아메리카노에 침이라도 뱉어줄걸 그랬나.

"안 썼는데."

"흐음, 역시 못 썼구나."

"못 쓴 게 아니라 안 쓴 거라고. 귓구멍 막혔냐."

다즐링 프린스가 혀를 끌끌 거리자 마왕의 언성이 점점 높아

---

4 1인칭 주인공 시점이므로 여주가 남주를 어떻게 보는지 드러낼 수 있습니다. 읽는 사람들이 당황할 만큼 비상식적인 행동이지만 캐릭터의 성향은 확실하게 어필합니다. 그리고 이런 성향이 점점 바뀌어가며 로맨스 속 남주의 모습으로 바뀌는 것 역시 클리셰 중 하나입니다.
5 메인 남주와 서브 남주의 성향이 정반대인 캐릭터로 잡는 것도 오래된 클리셰입니다. 각자의 특징이 너무도 확실해서 갈등을 일으키는 거예요. 인물 하나하나에 독보적인 개성을 부여해서 캐릭터성을 끌어올리는 것을 '캐릭터 플레이(Character Play)'라고도 합니다. 일본 애니메이션, 게임 등 다양한 캐릭터를 선보이는 장르에서 쓰입니다. 넓게 보면 아이돌 그룹 안에서도 캐릭터 플레이는 존재합니다.

진다. 저렇게 비현실적으로 잘생긴 남자 둘이 카페에 앉아 있으려니 진짜 영화가 따로 없다. 저 장면을 찍어서 카페에 걸면 장사 진짜 잘되긴 하겠다. 물론 이런 살 떨리는 분위기라는 건 아무도 모르겠지.

"설마, 형 잠적한 이유가 나 잘리게 하려고 그런 거야?"[6]

다즐링을 우아하게 한 모금 마시며 프린스가 조용히 묻는다. 그러자 마왕이 입꼬리를 올려 비웃었다.

"그걸 이제야 알았냐. 멍청하긴, 유치원생이야?"

"……."

낮은 목소리로 자신이 들은 말을 그대로 되갚아주던 마왕은 아메리카노가 담긴 잔을 들어올렸다. 다즐링 프린스의 표정이 잠시 굳는다. 그는 쓰고 있던 둥근 안경을 벗었다. 안경을 썼을 때는 한 없이 상냥해 보이던 눈동자가 단호한 빛을 띠고 있다.

"형, 진짜 바보구나."

다시 카운터를 날리는 다즐링 프린스를 마왕이 두 눈을 날카롭게 빛내며 쳐다본다. 따뜻한 아메리카노에서 모락 피어오르는

---

6 메인 남주와 서브 남주의 갈등은 이미 오래전부터 있었습니다. 단편의 경우, 중요한 갈등이라면 예전부터 이어져온 것이라고 설정하는 게 좀 더 스피드 있게 몰입하게 합니다.

김과 어우러진 저 남자의 얼굴은 정말 심장에 큰 무리를 준다. 이 카페에 있는 우리를 포함한 모든 여자들은 자신이 하는 일은 내팽개치고서 집중 또 집중하고 있었다.

"내가 작곡가 하나 잠적한다고 잘릴 것 같아요?"

"작곡가 하나? 진짜 이민이라도 가줄까?"

마왕이 이를 갈며 신경질적으로 말한다. 그러자 다즐링 프린스는 손가락을 들어 마왕을 가리킨다.

"작곡가 하나, 연출가 하나. 맞잖아요?"

마지막에는 자신을 가리키며 씨익 웃는 그였다. 저 귀여운 얼굴에 마왕이 아메리카노를 부어버릴까봐 심장이 쪼그라든다. 어디 한 번 그랬다가는 봐, 내가 온몸을 날려 다즐링 프린스를 지켜주겠어.

"지금 산수 가르치려고 나 불렀냐?"

마왕이 삐딱하게 고개를 돌리며 사납게 묻자 프린스가 나지막하게 한숨을 내쉰다. 그러고는 벗었던 둥근 안경을 다시 쓰더니 입을 열었다.

"형 음악을 좋아하니까 불렀죠."

마왕이 그 말에 동작을 멈춘다. 뭐야, 다즐링 프린스가 작전을 바꾼 건가. 아까보다는 좀 달래는 듯한 말투로 말을 이어나간다.

"형 이러는 거 진짜 간지 안 나는 거 알아요? 형 음악이 없으면 뮤지컬을 어떻게 올려? 형 음악 때문에 나 연출한다고 한 건데? 투자도 형이 음악 만든다고 해서 받은 건데?"

"난 그 뮤지컬 한다고 한 적 없어."

마왕이 싸늘하게 말하자 프린스는 고개를 끄덕인다.

"그치, 형이 음악 하나는 끝내주게 만들지. 대신 엄청 솔직하지 못한 것도 잘 알지. 말해봐요, 어제 밤 샜어요?"

"……."

마왕은 그 말에 다시 이빨 가는 소리를 살벌하게 내다 이내 두 눈을 감고 앞머리를 헝클어트린다. 순간, 그 제스처에 흩날리는 앞머리가 판타지물에서 튀어나왔다 해도 믿을 만큼 멋있어서 나와 지혜는 '엄마야!' 하고 감탄을 질러버렸다. 곧바로 나는 내 입을 때리긴 했지만 말이다.

이 어리석은 여자야, 암만 멋있으면 뭘 하냐. 저 싸가지가 너한테 무슨 말을 했는지 생각을 좀 하라고.

"다시 한 번 말하는데, 나 그 작품 안 해. 다른 걸 들고 와."

"지금 프로가 장르를 가리는 거야?"

마왕에게 다즐링 프린스는 다시 웃는 낯으로 어퍼컷을 날린다.

"장르가 왜? 멜로라서? 로맨스라서 못하겠어?"

"못하는 게 아니라 안 하는 거라고!"

'쾅!' 순간, 진짜 마왕인 줄 알았다. 그가 주먹 쥔 손으로 테이블을 내리치는 바람에 엄청난 소리가 카페에 울려퍼졌고 우리는 완전 얼음이 되어버렸다. 하지만 대단한 건, 그 상황에서도 촬영의 욕망을 멈추지 못하고 카메라 앱을 키는 지혜와 눈 하나 깜짝하지 않는 다즐링 프린스의 태연함이었다. 거기다가 빙긋 웃기까지 한다.

아, 진짜 너무 귀여워. 나쁜 자식, 우리 프린스 놀라게 하면 가만 안 둘 테다.

"간단해, 형."

간단이라는 단어에 마왕이 다시 주먹을 불끈 쥔다. 프린스는 나지막하게 말한다.

"연애를 해. 그것도 아주 말랑거리고 달콤한 연애를 해요. 그리고, 나흘 안에 곡 써와요."

그 말에 마왕은 잠깐 고개를 도리질하다가 어이없다는 듯이 되묻는다.

"뭐? 연애? 나흘? 너 미쳤어?"

"전 아주 지극히 정상이에요. 간지 나는 음악으로 만들어주세요."

그러고는 윙크까지 날리던 다즐링 프린스가 자리에서 훌쩍 일어난다. 마왕은 뒤통수를 얻어맞은 듯 멍하니 그를 바라본다. 자리에서 일어난 프린스가 향한 곳은 다름 아닌…… 어, 엄마야.

"다즐링 하나 테이크 아웃 해주세요, 어?"

다정하게 주문을 하던 프린스는 갑자기 무언가를 발견했는지 고개를 숙인다.

"입술이 부었네, 아파요?"

지, 지금 날 보고 있어. 게다가 날 걱정하고 있어. 나도 모르게 바짝 긴장이 되어서 고개를 주억거렸다. 그리고, "괜찮아요" 하고 수줍고도 얌전히 대답했다.

"당연히 괜찮죠! 얘는 피부가 질겨서 아플 리가 없어요!"

그런 내 옆에서 지혜가 차마 못 볼 꼴을 본 것 마냥 얼굴이 일그러지더니 오만방자한 말로 떠들며 우리 사이에 끼어든다.

물론, 괜찮지 않다. 아까는 정말이지 너무 쪽팔려서 에스프레소 잔에 내 몸을 구겨 넣고 싶은 심정이었으니까. 하지만 다즐링 프린스가 내게로 와서 다정하게 물어주면 그건 먼지보다 더 하찮은 기억이 되어버리지요.

그러니까 이 기집애야! 당장 저리 꺼져! 내 모태솔로 청산을 방해하지 말란 말이다!

나는 웃으며 카운터 밑으로 지혜에게 주먹을 쥐어보였다. 다즐링 프린스는 나를 한껏 걱정스러운 눈으로 바라보더니 다시 빙긋이 웃는다.

"혹시 우유 있어요?"

"네? 우, 우유 당연히 있죠."

저 웃음 앞에서 얼굴 붕괴될 뻔한 걸 간신히 참고서 나는 냉장고 문을 열었다. 하지만, 내 눈앞에는 당연히 있어야 할 우유팩이 온데간데없다.

"야, 우유가 없어."[7]

지혜에게 발을 동동 구르며 속삭이자 지혜도 함께 속삭인다.

"니가 다 처마셔서 그래."

야, 지금 이 상황에서 그딴 소릴 해야겠냐. 하지만 나 역시도 카페 장사에 대한 걱정보다 다즐링 프린스에게 우유를 줄 수 없다는 상황이 몹시 한스러워졌고 태어나 처음 내 우유 홀릭에 상욕을 퍼붓고 싶었다.

좀, 제발 좀 적당히 처먹을 것이지. 하필이면 왜 오늘 더 힘들다고 우유를 위장에 퍼부었니, 이 모자란 여자야.

지혜는 이런 나의 안타까운 사연 앞에서도 절대 우유를 사러 나갈 기미는 없어 보였다. 오히려 평소보다 더 여유롭게 새 다즐링을 우려서 일회용 잔에 담는다. 그래, 미남 앞에서 우정 따위 무

---

7 캐릭터 설정에서 만들었던 여주가 우유를 너무 좋아하는 나머지 카페의 우유를 다 마셔버려서 생긴 갈등입니다. 우유가 이 글에서 중요한 설정이라는 걸 나타내고, 앞으로 메인 남주와 서브 남주의 사이에서 관계를 형성할 때 계속 우유가 영향을 끼친다는 걸 보여주지요.

슨 소용이 있니. 결국, 나는 직접 우유를 사러 다녀와야겠다고 생각했고 의자에 걸린 패딩을 집어들었다. 그때, 다즐링 프린스가 문득 카운터 밑에 놓아둔 내 먹다 남은 우유잔을 바라본다.

"이거라도, 잘 마실게요."[8]

"예에? 아니, 잠깐, 잠깐만! 그건 제가! 제가 마시던!"

내 우유잔에 담긴 우유를 다즐링에 쪼록 따라버린 남자가 몸을 빙글 돌려 문을 향해 걸어간다. 저 우유에, 내 타액이 묻었는데, 아니, 그럼 이건 빙의글에서나 보던 간접…… 간접……

"왜 하필 로맨스냐고!"

현실의 속도를 따라잡지 못하는 가여운 나의 이성이 허공을 맴도는 사이, 테이블에서 소리가 들린다. 아, 그래. 아직 그가 남아 있었지. 진짜 마왕처럼 차가운 눈동자에 이글거리는 분노를 담으며 그가 자리에서 일어나 프린스에게 외치고 있다. 그의 눈매와는 너무도 다른 부드러운 연갈색 앞머리가 바람에 흩날린다.

키야, 저거 찍어서 인스타에 올리면 좋아요 대박이겠는데.

"그 오글거리는 걸 나보고 만들라고! 난 못해!"

---

8 서브 남주의 돌발 행동은 여주와 메인 남주에게 영향을 끼칠 정도로 힘이 있어야 합니다. 읽는 사람들이 당황할 정도의 행동은 서브 남주의 캐릭터와 특징 및 역할이 무엇인지를 보여주는 것이 들어가야 합니다.

"아까는 못하는 게 아니라 안 하는 거라며."

그러자 마왕이 입고 있는 블랙 코트를 휘날리며 프린스에게로 성큼 다가간다.

저 무시무시한 포스 진짜 어쩔! 다즐링 프린스 피해요, 어서!

"내일부터 여기 와서 작곡해요. 분위기 좋잖아. 로맨스 같잖아요."

순간, 그 말에 마왕이 우뚝 걸음을 멈춘다. 나와 지혜는 서로를 마주보았다. 아니, 저 섹시한 입술에서 대체 뭔 말이 나오는 거야. 여기라뇨. 우리 카페라뇨.

"카톡할게요. 읽씹은 하지 마. 그럼 미워한다. 사흘 내로 곡 써서 주시고요."

프린스는 둥근 안경을 다시 치켜올리며 나를 바라보더니 싱긋 웃는다.

"우유 고마워요. 덕분에 밀크티 잘 마실게요."

그러고는 여유롭게 몸을 돌려 카페 문을 열고 나간다.

"이 새끼가, 아까는 나흘이랬잖아!"

마왕의 분노 섞인 목소리가 카랑 울려퍼졌다. 하지만 프린스는 카페 문을 열고 찬바람에 몸을 실은 채 유유히 사라졌다. 그리고 카페에는 순식간에 고요함만 남았다. 홀로 남은 마왕의 검은 아우라를 바라보며 우리는 겁에 질린 어린양이 되었다.

그리고 잠시 후, 마왕은 뚜벅거리며 걸음을 옮기더니 의자에 걸터앉는다. 푸욱하고 거품이 꺼지듯 앉는 그 모습이 아까와는 몹시 다른 피곤함이 느껴진다. 지혜는 서둘러 음악 볼륨을 올렸다. 기타 선율에 간지럽고도 예쁜 목소리가 'Say you love me'를 부른다. 그리고 조금 시간이 지난 후에, 마왕은 자리에서 일어나 카페 문으로 향한다. 집에 가는 건가 싶어 나와 지혜는 카운터 밖으로 고개를 내밀었다. 하지만 마왕의 핸드폰은 테이블 위에 올려져 있었다. 그는 밖에서 담배를 입에 물고 있었다.

참, 이상도 하지. 아까는 그렇게 재수 없던 인간이었는데 왠지 모르게 짠한 느낌이 든단 말이야. 잘생겨서 그런 건가. 어휴, 이 한심한 여자야. 넌 진짜 비주얼에 너무 약해.[9]

나는 계속 그의 뒷모습을 바라보고 있었다. 뭘까, 이 기분은 대체. 진짜 혼자 남겨진 외로운 마탑의 마왕 같잖아. 그가 담배를 입에 물고서 몸을 옆으로 돌린다. 그의 눈동자가 보였다. 어디선가 에스프레소 향이 났다. 고개를 돌렸지만 지혜는 옆에서 핸드폰으로 아까 찍은 사진과 영상을 돌려 보느라 정신이 없다. 뭐야,

---

9 여주가 메인 남주를 완전히 싫어하는 건 아니라는 설정을 보여줍니다. 후에 둘의 관계가 발전될 수 있다는 여지를 남겨줍니다. 남주와 사이가 극도로 나빴다가 점점 로맨스를 펼치는 클리셰에서 중요한 요소입니다.

착각이구나. 난 다시 그가 앉아 있었던 테이블을 바라보았다. 핸드폰 옆으로 싸늘하게 식은 머그잔이 보인다. 그 머그잔이 어쩐지 안쓰러웠다.

난 천천히 원두 머신 앞으로 걸어갔다. 원두를 갈고 에스프레소 머신에 넣었다. 이번에는 착각이 아닌 진짜 에스프레소 향이 공중으로 퍼진다. 쌉싸름한 향, 그 향 한껏 머금은 에스프레소를 나는 따뜻한 물에 풀었다. 투명한 머그잔 아래로 퍼져 내려가는 진갈색의 여운을 한참 바라보았다.

'딸랑'. 다시 문이 열린다. 그가 밖에서 걸어 들어온다. 뚜벅거리는 회색 스웨이드 구두가 너무도 멋스럽다. 나는 머그잔을 들고 그에게로 다가갔다.

"따뜻한 걸로……"

나의 조용한 말에 그가 핸드폰을 잡으려다 고개를 돌린다. 나는 그 고갯짓에 흠칫 놀랐다. 내 손에 담긴 잔에서 따뜻한 김이 피어올라온다. 그는 나를 바라보다가 잔을 내려다보았다. 그 진한 눈동자의 움직임에 나는 숨을 멈추었다. 잠시 후, 그가 나를 바라보았다.

나는 그의 눈동자와 정면으로 마주했다. 그리고 그 눈동자의 색이 방금 내가 내린 에스프레소와 닮은 걸 깨달았다. 짙은 갈색의 눈동자는 내 생각보다 훨씬 부드러웠다. 쓸쓸하고 지쳐 있는 그 눈동자에 나는 한참이나 얼어 있었다.

"······우유."

그가 중얼거렸다. 나는 무슨 의미인지 몰라서 멍하니 쳐다보았다. 그는 대답 대신 내 손에 들린 잔을 가져간다. 향을 맡아보다가 다시 나를 바라본다.

"우유 냄새, 그쪽한테서 나는 거야?"

"······!"

분명해, 나는 지금 딸기 우유 같은 얼굴이 되어 있을 거다. 우유 냄새라고 중얼거리는 눈앞의 남자가 나를 뚫어지게 바라보는 지금 이 순간은, 내가 살아온 22년의 시간 중 가장 충격적이었다. 다즐링 프린스의 귀여운 얼굴도, 섹시한 입술도, 하나도 떠오르지가 않는다.

"달콤한 거······"

그는 주문을 외우는 마왕처럼 나를 보며 중얼거렸다. 그의 저음이 내 귓가에 깊게 파고들어왔다. 그날의 오후는, 그의 중얼거림과 같았다. 진하고 선명하게 내게 다가왔으니까.

짙은 갈색의 부드러운 향이, 내 마음에 가득 퍼져온다.

2. 마왕이 주문을 외운다: 썸, 썸 그리고 로맨스

칼바람이 쌩쌩 부는 날이라도, 햇살 잘 드는 창가에서 바라보는 겨울 풍경은 왠지 모르게 설렌다. 찬 공기 사이로 내리쬐는 햇살과 사람들 손에 들린 머그잔에서 올라오는 뽀얀 수증기는 이불을 덮고 있을 때의 포근함이 느껴진다. 하지만 그것도 손님들이 적당히 있어야 느낄 수 있는 사치이다.

지금은, 헬게이트가 열렸다.

"아이스 아메리카노 두 잔, 카페라떼 한 잔, 녹차라떼 한 잔 맞으신가요? 아, 잠시만요. 아이스 아메리카노 두 잔 중 한 잔은 콜드브루 맞으신가요? 휘핑크림은 올려드릴까요? 카드로 결제하시겠어요? 적립 카드는 있으세요? 새로 만드신다고요?"

울고 싶다, 울고 싶어서 아주 환장하겠다고. 왜 우리나라 사람들은 꼬박꼬박 밥을 챙겨먹는 거냐. 거기다가 왜 밥 먹고 나면 꼭 커피를 마시냐고. 손님들 앞에서 상냥하게 주문을 받고는 있으나 속으로는 우리나라 식사 문화를 향해 원망의 칼날을 던지고 있는 중이다. 주문서를 뽑아서 테이블에 일렬로 붙여놓으면 지혜는 나의 뒤에서 왔다갔다 정신없이 음료를 만든다.

'빵빵!' 우씨, 정신없어 죽겠는데 원두 트럭이 도착했나보다. 하필이면 런치 타임 러쉬에 오는 센스 아주 죽여주시네요. 사장님은 나와 지혜가 음료 주문이 떨어지기 무섭게 바로 생산 체제로 돌입하는 무시무시한 작업 공간에서 탈출하여 쌩 하니 원두 트럭으로 달려갔다. 아, 제발, 원두만 받고 빨리 들어오세요! 괜히 원두 아저씨랑 담배 피우지 마시고!

"주문하신 음료 나왔습니다! 감사합니다!"

만들어진 음료를 상자에 곱게 넣고서 기다리는 여자 손님에게 내밀었다. 손님은 음료를 받아들고서 잠시 주춤하더니 할 말이 있는 듯이 고개를 숙인다. 나는 무슨 일인가 싶어 얼른 함께 고개를 숙였다.

"저기, 있잖아요."

"네, 손님. 뭐 필요하신 거라도?"

"저기 창가에 앉아 있는 저 남자, 이 카페 단골이에요?"

순간, 나는 여자 손님의 부끄러움이 담긴 사사로운 질문 요지를 파악하지 못하고 '엥?' 하고 고개를 갸웃거리다가 흘끔 시선을 돌렸다. 햇살이 쏟아지는 쇼윈도의 앞은 여느 때 같으면 귀여운 요정 친구들이 뛰노는 따사로운 분위기가 가득해야 하지만, 오늘은 좀 달랐다.

그곳에는, 암흑의 기운이 도사리고 있었다.

"아, 음…… 단골이라기보다는, 그러니까……"

"단골 맞아요! 그저께부터 우리 카페에서 아예 살고 있거든요! 완전 잘생겼죠!"

　　뭐라 대답해야 할지 몰라 머뭇거리는 내 옆에서 지혜가 인터셉트 하더니 하이톤으로 말한다. 그러자 질문을 던진 여자 손님과 그 일당들은 꺅 소리를 내며 한꺼번에 시선을 돌린다. 주문한 음료에는 손도 대지 않고 근처에 올망졸망 모여서는 폰을 들고 찍어, 말어 난리법석을 떤다.

　　"대박이다, 저 남자 모델이야?"

　　"모델치고는 키는 좀 작다. 근데 옷빨은 죽인다, 얘."

　　"우리 이따가 퇴근하고 여기 또 오자."

　　아아, 신이시여. 님들 또 안 와도 우리 사장님 돈 많이 벌어요. 일개 알바생만 죽어나는 카페 시스템도 모르고 잘도 좋알대는 저 여자들을 향해 나는 속으로 부르르 떨었다. 그녀들은 그런 내 마음을 전혀 알 리가 없이 꺅꺅 소리를 내며 한참을 구경하다가 돌아갔다. 나는 큰 한숨과 함께 지혜를 노려보았다. 하지만 나의 알바 절친은 그런 나의 시선 따위는 한 줌의 먼지보다 못한 취급을 하며 틈날 때마다 찰칵찰칵 카메라 앱을 켜서 찍느라 정신이 없다.

　　"아휴, 내가 못 산다. 손님, 주문받겠습니…… 손님? 손님?"

　　주문하는 줄에 서 있던 남자 하나가 멍하니 창가를 바라보느라 정작 내 말은 듣지도 못한다. 나는 그 모습에 망연자실해서 땅

이 꺼져라 한숨을 쉬었다. 증말, 도대체 이게 뭔 놈의 영업방해야! 나는 고개를 돌려 카페 손님들의 온갖 시선이란 시선은 한몸에 받고 있는 민폐남[10]은 향해 눈을 부릅떴다.

햇살마저 탑조명으로 만들어버리며 한참 맥북을 두드리던 민폐남은 애쉬 브라운 앞머리 밑으로 쓰고 있던 명품 선글라스를 밀어 올리더니 테이블 위에 올려놓은 담배를 챙겨 자리에서 일어났다. 그 모습에 카페의 사람들은 일순간 숨을 멈추었다. 그 광경이 혼자 보기 아까울 정도였으나 나도 그러고 있다는 사실이 너무 짜증났다.

어쨌든, 보송거리는 하얀 후드티를 뒤집어 쓴 그 민폐남은 피곤한지 고개를 좌우로 까닥거리다가 등을 돌려 문으로 걸어간다. 한참 맥북을 두드리던 손가락에는 번쩍거리는 반지들이 가득하고, 귀에는 인싸 오브 인싸들만 하고 다닌다는 블루투스 이어폰까지 끼고 있다.

아, 쉬…… 진짜 난 너무 싫은데 저건 누가 봐도 간지가 흐르다 못해 넘쳐서 바다를 이루고 있는 수준이 따로 없다.

———
10 여주에게 메인 남주가 어떤 영향을 주는지 보여주는 별명입니다. 여주에게 직장인 카페에서 민폐를 끼치고 있다라고 표현하여 둘이 그사이에 꽤 자주 함께 있었다는 것을 보여줍니다.

밖에 나가서 여유롭게 담배를 꼬나물고 있는 그 모습까지 놓치지 않으려 여자들은 창문과 유리문 너머로 폰을 들고 서 있다. 거기에 아주 열심히 동참하고 있는 지혜의 뒷모습이 괜히 원망스러워진 나는 두 눈을 부릅떴다. 여기저기서 '귀엽다', '잘생겼어', '저건 인간의 비주얼이 아니다' 등등 별 같지도 않은 수군거림에 혈압이 오를 지경이다.

저게 귀엽냐? 귀엽다는 사전적 정의가 언제부터 바뀌었냐? 저건 허세라고 하는 거다, 이 어리석은 여편네들아!

이윽고, 다시 카페 문이 열리고 민폐남이 다시 안으로 들어서자 여자들은 일사분란하게 각자 자리로 돌아간다. 아주 군대 내부반이 따로 없네. 무슨 일이 있었냐는 듯이 다시 평소의 카페 분위기로 돌아갔지만 나의 혈압은 정상으로 돌아올 기미가 없다.

그 이유는, 바로 저것 때문이었다.

"야, 야. 저 사람 여기 쳐다본다."

"……."

또 시작이다, 또. 지혜가 나를 툭툭 치면서 창가를 가리켰다. 무시하고 싶은 욕구가 머리끝까지 차올랐지만 불쌍한 알바생 신분인 나는 흘금 시선을 돌렸다. 명품 선글라스 너머로 보이지 않는 시선이 분명히, 그것도 아주 올곧은 각도로 카운터를 바라보고 있었다. 그저께부터 아주 여기에서 살림을 차리신 민폐 단골의 저런 태도는 분명히 그것이겠지.

"니가 가."

"뭐? 너 장난 하냐? 니가 가야지."

"내가 왜!"

지혜에게 가보라고 떠넘겼지만 당연히 가야 하는 사람은 너 아니냐며 새삼스럽다는 표정을 짓는다. 거기에 울컥해진 내가 소리를 질렀지만, 지혜는 어깨만 으쓱했다.

"왜긴 왜야. 내가 가봤자 암말도 안 하니까 그렇지. 네가 갈 때만 주문하잖아, 저 남자."[11]

"……."

그래. 다즐링 프린스와의 살벌한 대담 이후, 저 민폐남…… 아니, 사악한 마왕은 우리 카페로 진짜 출퇴근을 했다. 그건 좋아, 좋다 이거야. 저 마왕 때문에 이 카페 매출이 갑자기 대 폭발해버렸다는 건 인정하겠어. 나는 괴롭고 미쳐버릴 것 같지만, 내게 월급을 주는 사장님이 '저 손님은 이제부터 우리 카페의 VVIP다'라고 선포해버린 이상[12] 공손히 잘 모셔야 하는 건 알겠어. 그런데, 왜! 어째서!

"빨리 가, 이제는 아예 대놓고 오라 그러네."

아으으, 진짜! 가까이 다가가기만 해도 베일 듯 날렵한 턱을 위로 치켜들고서 고고하게 까닥거리는 손가락에 나는 주먹을 쥐고 부르르 떨었다. 저 손가락을 아주 꺾어버릴까. 하지만 이미 나의 불쌍한 다리는 창가로 이동하고 있다.

대체 왜 나한테만 이러는 거냐. 지혜도 나하고 똑같이 이 카페에서 월급 받는데 왜 나만 오라가라 하는 거야. 지혜한테는 왜 주문도 안 하고 암말도 안 하는데, 왜! 내가 니 하녀냐!

"네, 손님. 무슨 일이세요?"

오, 마이 갓. 가까이 다가가자 마왕의 향수 냄새가 훅 카운터를 날린다. 우와, 이건 진짜 사기다. 향까지도 잘생겼…… 잠깐, 정신차리자. 장아영, 비주얼에 속지 마. 이 자식의 눈빛이 널 사람 취급도 안 하고 있는 걸 상기하라고.

"……느려."

"……죄송합니다."

묵직한 목소리에 나는 고개를 주억거렸다. 내가 오늘 진짜 사직서 낸다. 안 내면 내가 사람이 아니라 멍멍이 자식이다.

"식었어, 다시 가져와."

———

11 메인 남주가 자신의 캐릭터 성향과는 다르게 누군가에게 관심을 보이고 있다는 것을 보여주는 부분입니다. 그 관심이 여주에게 향하고 있고 둘의 관계가 발전될 수 있음을 알려줍니다.
12 여주가 메인 남주와 계속 만날 수밖에 없는 현실적 이유를 보여줍니다. 웃프지만 여주는 알바생이고 메인 남주는 중요한 손님이기 때문입니다. 메인 남주가 가지고 있는 능력 중, 재력을 짐작할 수 있게 하는 부분이기도 합니다.

"······새로 주문하시면 5,000원 추가되십니다."

'이 색햐! 반말 짓걸이지 말란 말이다!'라고, 나는 왜 당당히 말하질 못하니, 왜. 이 어리석은 새가슴아, 엉엉. 생긴 건 우주를 씹어먹을 정도로 잘생긴 주제에 말투는 진짜 오만정이 뚝뚝 떨어진다. 게다가, 처음 만났을 때는 인지 못했지만 나한테 하는 말투가 전부 반말이다. 기분 나쁜 티를 팍팍 내보려고 했지만 내 타고난 성격상 그건 죽어도 못하겠고. 그렇다고 알바생 주제에 카페에 오지 말라고 할 수도 없고.

어이구, 내 팔자야. 나는 속으로 눈물을 질질 흘리며 오늘만 벌써 스무 번째 테이블을 물티슈로 정성스럽게 닦았다. 빈 컵을 들고 카운터로 가서 새로 주문서를 작성하는 동안, 내 뒷통수가 따끔따끔 정신없다. 내가 고개를 휙 돌리자 지혜를 포함한 여자 손님들이 나와 마왕을 향해 눈을 반짝이다가 모른 척 시선을 회피한다. 나는 한숨을 푹 내쉬고서 주문서를 새로 뽑아 단골 마왕에게 다가갔다. 그리고 새 주문서를 끼워넣기 위해 주문 케이스를 집어들었는데······ 헐······?

"도대체······ 몇 잔을 드신 거예요······?"

이 남자, 대체 이 카페에 돈을 얼마나 퍼붓는 거야? 우리 사장 재벌 만들어주는 거야? 한 잔, 두 잔이 모여 이룩한 어마어마한 액수의 주문지들을 보며 나는 경악했다. 그 남자는 선글라스 너머의 시선을 맥북에 고정한 채로 무언가를 다다다 내려치더니 이내 비웃듯이 입을 연다.

"니가 뭔 상관이야."

"……."

진, 짜, 말투가, 진짜, 레알, 조오온나 재수 없어!

나도 모르게 살기를 느끼면서 주먹을 움켜쥐었다. 그러자 그 남자는 맥북을 두드리던 손을 멈추더니 고개를 치켜든다. 그러더니 선글라스를 휙 벗어버렸고, 나는 나도 모르게 심장이 두근거려서 시선을 피했다.[13]

뭐, 뭐니. 나 왜 이래. 선글라스 썼을 때는 잘만 봤으면서 맨눈에는 왜 이러는 건데.

"커피나 가져오시지, 알바."

"알겠……습니다."

이 더러운 갑과 을의 관계 따위! 돈이 성립한 이 비굴한 관계 앞에서 약자는 나라는 걸 너무 처절하게 느끼며 속으로 피눈물을 흘린 나는 걸음을 옮겼다.

"우유 냄새."

그때, 나지막하게 중얼거리는 목소리에 나는 다시 고개를 돌

---

13   메인 남주와 부딪치는 것이 완전히 싫지만은 않은 것을 보여주는 부분입니다.

렸다.

"예? 뭐라고요?"

나의 물음에 마왕은 '흐응' 하고 낮은 코웃음을 내더니 다시 시선을 맥북으로 돌린다.

"우유는 그렇게 마셔대는 데 피부는 왜 그리 칙칙하실까."

뭐, 뭐라고? 이 시키가 지금 뭐라고 씨부린겨?

순간, 나는 온몸이 화르륵 타들어갈 정도로 분노에 휩싸였다. 울컥해서 알바생의 신분을 잊고 저벅저벅 걸어가자 대뜸 피식 웃어버린다.

웃어? 지금 웃었어?

"뭐라고 하셨어요, 방금?"

"다 들었잖아, 왜 모른 척 물어?"

아, 놔! 이 자식 VVIP고 뭐고 확 엎어버린다!

"저기요, 내가 우유를 마시던 처바르던 그쪽이 알 바 아니잖아요! 거기다가 아까 한 말은 엄연히 성추행이라고요!"

"성추행?"

"그래요! 성추행!"

그 세 글자를 강하게 꼬집으며 내가 강렬하게 항의하자, 갑자기 그 남자가 고개를 들어 나를 비스듬히 올려다본다. 뭐, 뭐임. 왜 저렇게 진지하게 날 쳐다봐. 한참을 날 바라보던 연갈색 눈동자의 마왕이 '쯧' 하고 혀를 찬다.

지저스…… 이 남자, 마왕이 아니다. 진짜 악마다. 악마의 현신이다.

말 한마디 없어도 나의 온몸을 부르르 떨리게 만드는 저 악랄한 인간에게 어떻게 주먹을 날려야 할까. 그리고 어떻게 멋진 모습으로 알바를 때려칠 수 있을까. 이런 생각을 하며 부글부글 끓고 있는 나를 알아차렸는지, 그는 다시 나를 한참 바라본더니 대뜸 피식 웃는다.

웃지 마, 웃지 마아! 그 잘생긴 주둥이 확 뜯어버릴 거야!

"……나쁘지 않아."

"……엉?"

방금 너 뭐라고 중얼거린겨? 나의 두 눈이 휘둥그레졌다. 그러자 그가 다시 나를 뚫어져라 바라본다. 신은 이 인간을 빚을 때 우주의 기운을 모아서 만들었구나 싶을 정도로 잘난 눈동자가 한참이나 날 응시한다.

"우유 냄새, 괜찮은 거 같아."

"……에?"

내 입에서 튀어나오는 건 말도 아니고 뭣도 아닌 희한한 의성어뿐이었다. 순간, 흠칫 하고 내 몸이 돌처럼 굳어졌다. 마음속 저 깊은 곳에서 무언가가 두둥하고 울렸다.

뭐, 뭐지. 방금 뭐가 뛴 것 같았는데.

"왜 괜찮은 거야?"

그, 그걸, 내가 어떻게 아나요. 싸가지 없게 독설 날릴 때는 언제고, 커피향을 닮은 눈동자로 궁금하다는 듯이 물어오는 눈앞의 남자…… 뭔가요, 이건.

대체 왜 이런 남자가 제게 나타난 거죠.

'딸랑'. 한 순간, 핑그르르 하고 정신을 놓아버릴 듯 몽롱한 나를 깨워주는 카페 문이 열리는 소리에 나는 소리를 쳤다.

"어서 오세요!"

그리고 동시에 카페 안에 있는 여자들에게서 탄성과도 같은 비명소리가 터져나왔다.

"안녕하세요, 다즐링 한 잔 부탁합니다."

* * *

나타났다, 다즐링 프린스. 그가 겨울 공기가 가득 묻은 코트를 휘날리며 카페로 걸어 들어온다. 그는 서 있던 나를 향해 빙긋 미소 지으며 말했고 나는 최면에 걸린 사람처럼 멍하니 그 주문을 받았다.

"지, 지혜야. 다즐링……"

"……어, 어, 어!"

멍하니 지혜에게 주문을 넘기자 카운터에 서서 역시 멍 때리고 있던 지혜가 급하게 홍차가 있는 방향을 향해 뛰어간다. 다즐링 프린스는 나에게 다시 한 번 싱그러운 웃음을 지어주었고 나는 천사의 미소에 구원받은 기도하던 소녀가 되었다. 다즐링 프린스는 쓰고 있던 둥근 안경을 밀어올리더니 코트를 휘날리며 창가로 걸어갔다.

그곳에는 우리의 홍차 왕자를 눈빛으로 쏘아 죽일 듯한 마왕이 있었다.

"음악은요?"

왕자는 마왕의 앞에 걸터 앉았다. 오늘도 역시나 판타지의 한 장면을 연출하는 테이블에 사람들의 시선은 떠날 줄 몰랐다. 마왕은 싸늘하게 말했다.

"내일이 사흘이야. 숫자 개념도 없냐."

"숫자 개념은 없어도 형이 언제라도 다시 잠적할 수 있는 개념리스인 건 알죠."

오늘도 홍차 왕자는 귀여웠다. 하지만 저 부드러운 말투 속에 담긴 심히 뼈 때리는 내용에 마왕은 잠시 침묵을 지키더니 조용히 입을 열었다.

"깜빵 한번 들어가볼래. 오늘이라도 사기꾼 연출가로 만들어줄 테니까."

그 말에 다즐링 프린스는 토끼처럼 눈동자를 깜박이다가 이윽고 부드럽게 웃었다.

"사랑해요, 형."

"닥쳐."

저건 누가 봐도 칼날을 숨긴 원수들의 대화였으나, 내용만 들었을 때는 가히 여자들의 심장을 강타하고도 남았다. 모두가 심장을 움켜잡으며 그들을 주목했다. 나는 이 상황에서 사장님의 부재가 몹시 감사했다. 다즐링 프린스까지 쌍으로 묶어서 VVIP라고 선언하면 난 진짜 기가 다 빨려서 쓰러질지도 모른다.

지혜가 검색한 인터넷 사이트에서는 '누구보다 서로를 신뢰하고 있어요' 하는 기사로 도배가 되어 있던 두 사람이었다. 둘은 제법 유명한 뮤지컬 연출가에 작곡가였다. 하지만 현실에서는 꿈에서 볼까 무서운 호러를 찍고 앉아 있다. 이걸 누가 상상이나 할까.[14]

"다즐링 나왔습니다, 좋은 시간 되세요."

어느새 립스틱을 새로 바른 지혜가 반짝거리는 입술로 머그

---

14   여주가 두 남주의 비밀을 알고 있는 사이라는 것을 보여주어 단순한 사이가 아님을 짐작케 한다.

15   심장이 있는 왼쪽 가슴의 반응은 로맨스에서 많이 쓰이는 클리셰입니다. 예상치 못한 반응을 제일 먼저 느끼는 것이 심장이라는 의미이죠. 여기서는 당연히 두근거린다는 의미로 여주가 남주에게 묘한 감정을 느끼고 있음을 보여줍니다.

잔을 프린스 앞에 놓는다. 다즐링 프린스는 상냥하게 웃어보였다. 그 미소에 심신이 편안해지는 내가 헤벌죽 하고 있다가 마왕이 주문한 커피가 생각이 나서 허둥지둥 원두를 갈았다.

"우유 있나요?"

다즐링 프린스가 우유를 찾는다. 이때다. 지금이야말로 저번의 실수를 만회하고 말겠쇼. 나는 마왕에게 줄 아메리카노는 만드는둥 마는둥 했지만, 우유는 예쁜 주석잔까지 꺼내어 따랐다.

"고마워요."

우유만 놓아줬을 뿐인데, 아주 대단한 선행을 베푼 것 같은 착각에 빠지게 하는 미소를 지어준다. 나는 그 미소에 부끄러워져서 웃어버렸다.

"……."

그리고, 순간 다즐링 프린스 건너편에서 싸늘한 기운을 감지하고 나는 서둘러 새 머그잔에 담은 아메리카노를 내려놓았다. 흥, 님은 이거 마시든 뱉든 알바 아니니 얼른 꺼져주쇼. 하지만 속마음과 다르게 흘금 쳐다보자 아메리카노를 마시던 마왕이 갑자기 화악 눈을 들어 나를 바라본다. 순간, 그 눈과 완전히 마주쳐버린 내가 허둥지둥 고개를 돌렸다. 와, 깜놀했네. 심장 떨어지는 줄 알았다.

너무 놀라서 그런가, 왼쪽 가슴이 너무 뛰는데.[15]

나는 마왕에게서 시선을 돌려 다즐링 프린스에게 최대한 상냥하게 웃어보였다. "좋은 시간 되세요." 내가 지을 수 있는 최고의 미소 앞에서 프린스는 눈웃음을 지었다. 아아, 누가 저 웃음 좀 찍어다가 카운터에 걸어줬음 좋겠다. 밥도 안 먹고 그것만 보면서 일해도 날아다니겠네.

"있잖아요."

그때, 카운터로 돌아가려는 내게 그가 말을 걸었다. 누구긴 누구야. 저 상냥한 목소리는 왕자님이지.

"……예?"

있잖아요, 있잖아요. 그 말은 왜 건네시나요. 두근 세근 방망이질하는 가슴을 느끼며 나는 수줍게 대답했다. 그러자 다즐링 프린스가 예쁘게도 웃으며 말한다.

"오늘 시간 있으세요?"[16]

띠잉. 정적.

일순간 카페에는 침묵이 돌았다. 나는 내가 지금 뭘 들었나 싶어서 입이 벌어졌다. 이 모습이 얼마나 추할지 짐작이 가고도 남았지만 입을 다물 수가 없었다. 그건 카페에 있는 모든 사람들

16　서브 남주가 메인 남주를 자극하는 두 번째 사건입니다. 두 사건 모두 여주가 중심에 있고, 그것을 통해 삼각관계를 보여줍니다.

이 그러했을 거다. 홍차 왕자가, 다즐링 프린스가, 이 귀여워 사람 죽이는 남자가 내게 말했다.

시간 있으세요오? 이건 그러니까, 나의 스케줄을 물어보시는 거?

"······에에?"

이 바보야! 도대체 이 무슨 찌질한 답변이야! 속으로는 수백 번은 더 욕을 퍼부었지만, 현실의 얼빵한 나는 좀처럼 제대로 된 말을 하지 못했다. 도대체 내게 무슨 말을 하는지도 모르겠고, 왜 저리 귀엽게 웃는지도 모르겠고, 우유가 섞여 분홍빛을 띠는 그의 다즐링은 꼭 그와 나의 미래를 보여주는 것 같고····· 나 뭐래니.

암튼, 진짜 멍청하게 서 있는 나를 향해 다즐링 프린스는 내게 주석잔에 담긴 우유를 건넨다.

"우유 좋아하죠?"

주석잔을 들고 있는 모습은 진짜 유러피언 프린스구나. '이 잔을 네게 사하노라'라고 읊을 것 같은 자태에 멍하니 빠진 나는 잔을 받아들었다. 다즐링 프린스는 자신의 잔을 들어 내 손에 들린 잔과 부딪친다. 그러고는 귀엽게 "술은 아니니까 원샷은 말고"라며 웃는다. 그 순간, 반대편에 앉은 마왕의 눈썹이 심하게 꿈틀거렸다.

"알바 언제 끝나요?"

"아, 오늘은 사장님이 나오셔서 일찍……"

내 말에 프린스는 활짝 웃었다. 그 웃음이 꼭 모카 위에 얹어진 휘핑크림 마냥 부드러웠다.

"잘됐다. 기다릴게요. 이따가 만나줄래요?"

"……."

신이시여, 이게 꿈이라면 깨지 말게 하시고 현실이라면 몰카가 너무 심하신 듯합니다요. 나는 내게 하는 말이라고는 믿을 수 없어 주변을 두리번거렸다. 아무리 둘러봐도 그 말이 향하는 건 나뿐이었다. 마른침이 절로 넘어간다. 손에 들린 우유잔이 부들부들 떨렸다. 이 모든 상황을 빠짐없이 듣고 있던 지혜와 카페에 남은 몇몇 여자 손님들의 후끈 달아오른 수근거림으로 정신이 혼미했다. 나는 더듬거리며 우유잔을 꽉 잡았다. 어떻게든 정신을 차려야겠다는 생각에 우유잔을 입으로 가져갔다.

그때, 우유잔이 내 입에 닿기 바로 직전에 휙 하고 멀어진다. 깜짝 놀란 내가 바라보자 기분 나쁘다는 수식어란 수식어는 죄다 끌어모은 표정을 하고 있는 마왕의 손에 우유잔이 들려 있었다.

"……이 새끼가 진짜."

욕을 중얼거리더니 내게서 빼앗아간 우유를 자기 앞에 놓인 아메리카노에 붓는다. 마왕의 아메리카노에 하얀 우유가 번져가며 연갈색의 아름다운 꽃이 피어났다.[17] 그 모습에 다즐링 프린스의 입꼬리가 살짝 올라간다. 둥근 안경 너머의 눈동자에 의미심장한 분위기가 감돌았다. 아메리카노에 우유가 퍼지는 모습은 하루에도 수십 번은 보는 건데, 난 왜 이리 마음이 콩콩 뛰는 걸까.

연갈색의 라떼로 변한 아메리카노, 그 색과 닮은 눈동자가 못마땅하다는 듯이 나를 바라본다. 나는 움찔했지만 이상하게 그 시선을 피할 수 없었다.

"……이딴 게 로맨스란 말이지."

마왕이 중얼거렸다. 그는 라떼를 마셨다. 이윽고, 잔에서 입을 뗀 그가 내게서 시선을 떼지 않은 채로 입술을 손가락으로 문질렀다. 그 행동에 내 얼굴은 불타는 고구마처럼 화르륵 타올랐다. 그 와중에도, 내 마음속 심장은 자꾸 솜방망이질을 해댄다.

로맨스? 로맨스가 뭔데? 그건 뭐에 쓰는 단어인데? 지금 그게 뭣이 중요한데? 나하고 무슨 상관인데? 어?

오만가지 물음이 가슴에서 솟구쳐나와 입가를 맴돌았지만 나는 그 어떤 말도 내뱉지 못했다. 그 겨울의 오후, 우유를 만나 부드러운 색으로 변해가던 홍차와 커피만큼이나 내 마음도 알 수

---

17 인물들을 각각 커피, 홍차, 우유에 비유한 설정을 살려 각자의 감정이 뒤섞였다는 것을 보여주는 부분입니다. 캐릭터에게 같은 카테고리 안에서 저마다 다른 상징을 넣어주면 통일감과 캐릭터의 개성을 동시에 잡을 수 있습니다.

없는 무언가로 인해 점점 변해가고 있었다.

3. 달콤한 레시피: 로맨스를 넣어주세요

카페 알바를 하며 유난히 두근거리는 순간이 있다면 하얗고 말랑거리는 휘핑크림을 얹을 때다. 거품을 낸 우유와 에스프레소가 섞이고, 그 위에 휘핑크림을 얹는 순간은 이 세상에서 가장 예쁜 커피를 만들어야겠다는 생각마저 들게 한다. 간혹 휘핑크림은 빼달라고 하는 손님들이 있어서, 휘핑크림을 얹는 작업은 몇 번 안 된다. 그래서 더 설레는 작업일지도 모르지. 소복히 쌓인 눈과 같은 휘핑크림 위에 자바 초콜릿 칩을 올리거나 캐러멜을 가볍게 흩뿌리고 나면 그렇게 내 맘이 뿌듯하더라니까. 우유는 맛있지만 또 너무 사랑스러워. 사랑스럽다는 단어가 가장 잘 어울리는 음료이지 않을까.

그리고, 그저 우유를 좋아했던 평범한 카페 알바생인 나에게 휘핑크림 같은 달콤함이 어느 겨울 갑자기 찾아왔다.

* * *

"야, 나 이거 저번 월급 때 새로 산 립스틱이거든? 이거 발라,

빌려줄게. 가만, 마스카라가 어딨지?"

이러지 마라, 화장품을 피보다 더 끔찍하게 아끼던 여자가 너 아니었니. 알바를 마감하기 30분 전, 지혜는 애기 머리통만 한 파우치를 들고 나타났다. 그러고는 피우치에서 이것저것 보기만 해도 눈이 부신 고급 화장품들을 꺼내놓았다. 나는 지혜의 설레발에 초조해졌다.

"왜, 왜 이래! 왜 너까지 흥분하고 난린데!"

"흥분 안 하게 생겼냐! 아오, 우리의 왕자가 너한테 데이트[18] 신청한 거잖아!"

데, 데, 데, 데이트으으? 지혜가 구사한 그 단어에 나는 입을 떡 벌렸다. 지혜는 딱하다는 듯이 혀를 차더니 내 입을 직접 닫아주었다.

"데이트 전에 턱 빠질 일 있냐. 이리 와봐, 아이라이너 다시 칠하자. 아니다, 아예 풀메이크업을 싹 해줄게."

"하, 하지 마!"

부끄러워 죽을 것 같은데 이 기집애는 왜 이리 난리람! 내가

---

18 여주를 둘러싼 남주들의 관계가 로맨스로 급진전되었음을 보여주는 단어입니다. '첫 눈에 반했다' 같은 클리셰가 아닌 이상, 로맨스로 넘어가기 위한 단계를 확실하게 밟아주어야 로맨스의 스토리가 이어질 때 읽는 사람들의 몰입을 방해하지 않습니다.

빽하고 소릴지르자 가게 한켠에서 정산하고 있던 사장님이 깜짝 놀라며 우리를 바라본다. 하지만 이내 1년 중 다시없을 대박 장사 한 날이라 다시 즐겁게 하던 일에 몰두한다. 남은 심난해 죽겠는데 지혜는 뭐가 그리 재밌는지 나를 끌어다 의자에 앉히며 조잘거린다.

"난 아무래도 돗자리 깔아야 할 거 같아. 왠지 오늘 아침에 내 보물 1호 파우치가 자꾸 눈에 밟히더라니까? 이건 신의 계시야. 나의 퍼펙트한 메이크업을 받고 사랑을 쟁취럼. 흑, 내가 그 오빠 좀 좋아했는데 너라면 양보할게."

으아, 님아! 쫌! 어떻게든 도리질을 하며 지혜의 손아귀에서 빠져나가려 노력했으나 마감을 정확히 5분 남기고 지혜는 이마부터 턱까지 구석구석 본인의 모든 화장품을 총동원하여 나의 메이크업을 마무리지었다. 아, 현기증이야.

"어때? 예쁘지? 야, 나도 내 면상이 이렇게까지 공을 들여본 적이 없어요! 잘되면 이 언니한테 새끼 치는 거 잊지 마삼?"

"무, 무어라고?"

당황한 내가 되묻자 지혜는 씨익 웃으며 브이를 그려보였다.

"그래, 그래. 그 초레알 미남 오빠하고 나하고 연결해주는 거야. 아오, 왜 내가 다 설레냐. 헐, 혹시 친구도 부르라고 하면 어떡해? 그치? 지금 니게 문제가 아니었어! 나도 메이크업 고쳐야지!"

1분도 채 되지 않은 시간 동안 저 우주 끝까지 날아올라 망상에 젖어 있던 지혜가 다짜고짜 나를 밀치더니 이제는 자신의 얼굴 메이크업을 수정한다. 진짜 이러다가 만나기도 전에 기가 빨려서 기절하겠다. 나는 입고 있던 앞치마를 벗고서 크게 쉼호흡을 했다. 도대체 오늘 나에게 무슨 일이 일어나고 있는지 잘은 모르겠지만, 일단은 꼬집고 때려보니 아픈 감각이 있었으므로 현실이다. 대망의 약속 시간 8시를 5분 남기고서 심장이 쿵덕하고 널을 뛴다. 대체 내가 말도 안 되는 상황 속에서 웃기지도 않은 설레임에 파묻히고 있는지 원망스러울 지경이다.

'딸랑!'

"어서오세요. 어, 또 오셨네요."

두근! 세근! 미쳤다, 내 심장이 미쳤어! 너무 빠르게 뛰어! 이러다가 나 심장마비로 죽을지도 몰라!

카페 문이 열리는 소리와 함께 사장님이 반갑게 맞이한다. 필시 저 기분 째지게 올라간 목소리톤으로 보아, 오늘도 장사 대박나게 해준 우리의 왕자님이겠지.

"야, 왔나봐. 꺅, 어떡해."

제발 호들갑 떨지마, 엉엉. 너 이노무 기집애 때문에 내가 더 미칠 것 같다구. 제발 내 심장에 휘발유 더 들이붓지 말란 말이다. 타들어가고 있는 거 안 보이냐. 나는 진정이라는 단어를 수백번

되새기며 탈의실로 급하게 들어가 코트를 챙겨들었다. 왜 하필이면 막 입고 나온 날 이런 일이 생겼을까. 왜 예쁜 구두를 신지 않았을 때 내 인생에 다시없을 데이트를 하게 되느냐고. 이래서 인생은 새옹지마, 한치도 앞날을 알 수가 없구나. 코트를 입고 가방을 챙기고서 마지막 심호흡을 다지고 있을 때, 갑자기 지혜가 불쑥 뛰어 들어온다.

"야, 야! 대, 대박! 대박!"

"왜 이래? 또 무슨 일인데?"

오늘 내 심장 여러 번 잡는 구나. 또 뭔 쇼크한 일이 있어서 이 기집애가 얼굴이 누렇게 떠서는 말을 더듬거리지. 지혜는 끝내 더 말을 잇지 못하고 그냥 빨리 나가보라는 듯이 손을 탈의실 밖으로 휙휙 내젓는다. 나는 덩달아 더욱 긴장이 되어 피가 쭉 빠져나갈 것 같은 기분과 함께 탈의실 밖으로 나섰다. 그리고 앞머리에 매단 헤어롤을 급히 빼고서 손가락으로 매만지며 밖으로 나섰는데…… 엥?

"……선 보러 가냐?"

"……!"

허, 허어, 허어어어얼! 오, 지저스 크라이스트! 갓! 신이여, 어찌하여 내 눈앞에 프린스가 아닌 마왕이 있나요! 너무 놀라 아까처럼 입이 떡 벌어진 나였다. 나를 그렇게 만든 장본인은 뚱한 얼굴로 입고 있던 반코트에 두 손을 깊숙이 찔러넣는다. 삐딱하게 서 있는 바람에 왼쪽 귓불에 매단 피어싱이 반짝이며 밑으로 떨어진다. 그게 꼭 밤하늘의 유성 같…… 아니, 내가 이걸 묘사하고 있을 때가 아니잖아!

"왜, 왜 여기 계세요……?"

겨우 입을 다물고서 더듬거리는 나의 질문에 마왕은 입꼬리를 올리며 싸늘하게 웃는다. 그러고는 저벅거리며 내게 다가온다. 패션 문외한이 봐도 비싸 보이는 하얀 스니커즈를 신은 그 사람의 발걸음이 왜 이리 바람결에 실려오는 것 같지. 냉소적인 표정과는 다르게 살랑거리는 봄바람 같은 걸음으로 내게 다가오던 그 남자가 뚱하게 나를 내려다본다.

왜, 왜 이래. 내가 뭐 이상해 보이나. 나도 모르게 당황해서 얼른 얼굴을 매만지자 내 앞의 마왕이 '흐응' 하고 낮은 코웃음을 짓는다.

"불만이야?"

"……."

"진짜 불만이야? 권용현이 아니어서?"

아, 다즐링 프린스 이름이 권용현구나. 나도 모르게 이름을 다시 되새기고 있다가 번뜩 정신을 차리고는 다시 얼음성의 엘사가 되려는 분을 향해 도리질을 했다.

"아, 아뇨! 불만 없는데요……"

말로는 불만이 없지만, 표정에는 불만이 있겠지. 안 그래도 잘 읽히는 표정인데 쭈뼛거리기까지 하는 내 태도가 마음에 안 드는지 그 남자는 다시 한 번 싸늘하게 웃다가 대뜸 나를 향해 손을 뻗는다.

"으, 으아앗! 지혜야, 살려줘!"

그러고는 느닷없이 내 손을 덥석 붙잡았다. 나는 숨넘어갈 듯이 외치며 거의 반강제로 카페 문을 나서고 있었다. 뒤에서 경악에 찬 표정 플러스 호기심과 흥미로움에 달아오른 친구의 얼굴을 보며 처절하게 도와달라 소리쳤다. 하지만 친구는 아디오스 작별 인사만 하고 있다, 저 나쁜 것.

"야, 시끄러."

"……"

마왕이 싸늘하게 중얼거렸다. 졸지에 마왕의 포로가 되어버린 나는 얌전히 입을 다물었다. 이제 나에게는 아무도 없었다. 내 옆에는 내뱉는 말마다 독설 작렬인 잘나가는 뮤지컬 작곡가 양반만 있을 뿐이고, 나는 그 양반 손에 내 손이 쥐어진 채로 길거리로 나섰을 뿐이고, 어제부터 다시 찾아온 한파에 쌀쌀한 공기가 코트 안으로 스며들어왔지만 점점 달아오르는 내 얼굴은 겨울 공기마저도 무색하게 만들었을 뿐이고.

"저, 저기…… 어디 가는 거예요?"

손에 땀이 찬다, 땀이 차. 내 손을 끌어당기고 있는 마왕의 손은 유난히 부드럽고 따뜻했다. 진짜 손의 감촉은 표정과는 완전 딴판이라는 생각을 했다. 긴장은 열 배 가까이 증폭했고, 손의 땀은 아예 주룩주룩 흐를 지경이었다. 나의 물음에 걸어가던 그 남자가 흘끔 뒤를 돌아본다. 겨울 공기게 살짝 흐트러진 애쉬 브라운 앞머리와 단정한 갈색 눈썹, 그리고 커피향을 닮은 연갈색 눈동자가 보인다.

그 모습은 창가에 내리쬐는 따사로운 겨울 햇살 같았다.

"밥 먹으러."

지금 이 마왕이 뭐라고 말한 거지? 내가? 너님이랑? 무슨 밥 먹다 체해서 이 세상 하직할 일 있냐?

"왜, 왜요?"

손 좀 놓고 말해라. 나는 그에게 쥐어진 손을 빼보려고 했지만, 그런 나의 움직임을 느꼈는지 마왕은 다시 날카롭게 눈을 빛낸다. 움찔, 표정 한번 진짜 예술로 살벌해지네. 이거 원 겁나서 같이 다니겠나. 그런 주제에 손은 이렇게 따뜻하다니.

이건 진짜 반칙이다, 반칙.

"너 바보야?"

또 독설 시작한다. 다짜고짜 사람을 끌고가는 주제에 바보라니, 진짜 확 정강이를 걷어차버릴까.

"연애[19]하는 거잖아."

"……네?"

뭐, 뭐요…… 뭘 해요……? 내가 너님이랑 뭘 한다고요……?

내 뇌의 움직임이 멈추었다. 산소 공급이 제대로 안 되나보다. 띵하다 못해 갑자기 눈앞이 캄캄해진다. 하지만 그 와중에도 또렷이 보이는 내 눈 앞의 연갈색 눈동자, 이 눈동자의 주인공이 내게 뭐라고 했지.

"……연애?"

미, 미친…… 오늘 하늘이 작정하고 내게 사기를 치고 있다! 제발 여기서 멈춰줘, 제발!

* * *

세상과 하늘은 나에게 다시없을 사기극을 펼치고 있지만, 그래도 배는 왜 고픈지. 카페에서 얼마 멀지 않은 레스토랑에 들어온 나는 와인 소스가 뿌려진 스테이크에 호박에 담긴 해물 크림 파스타 앞에서 식욕의 무서움을 증명하고 말았다. 오늘 카페 장사가 너무 잘되는 바람에 점심도 못 먹었으니까.

뭐, 이게 다 내 앞에 앉아 있는 저 마왕 때문이지만 말이야.

"……왜요?"

"……"

사람 밥 먹는 거 첨 보냐? 한 손에 와인잔을 들고서 동물원 우리 속 짐승의 식사를 보는 듯한 표정의 마왕에게 나는 스파게티를 돌리던 포크질은 멈추지 않고서 조금은 부끄럽게 물어보았다.

"이게 로맨스……?"

"냠냠냠, 쩝쩝. 네? 뭐라구요?"

"하아…… 진짜 성격 안 맞아."

이 인간은 밥상머리 앞에서 뭘 저리 중얼거려. 밥맛 떨어지겠수다. 오히려 신기한 건 그쪽이라는 표정을 지어보이며 나는 이번에는 스테이크를 썰기 시작했다. 하지만 서툰 내 칼질을 가만히 바라보던 마왕이 들고 있던 와인잔을 내려놓는다.

"내놔."

단 두 마디로 성질머리를 표현하시고는 내게서 칼과 포크를

---

19 데이트를 얘기한 지 얼마 되지 않았는데 바로 연애라는 단어를 언급한 것은 단편에서 볼 수 있는 급전개의 영향 중 하나입니다. 단편이 아닌 연재라면 데이트에서 연애로 넘어가기 전까지의 과정도 충분히 보여주겠지만, 단편은 작품의 길이에 제한을 받기 때문에 전개가 빠를 수 있습니다. 그렇기 때문에, 왜 이 인물이 갑자기 급전개를 이끌게 되었는가를 보여주어야 합니다. 뒤에서 메인 남주는 '내가 너와 하고 있는 연애는 내가 로맨스에 어울리는 음악을 만들기 위해서다'라는 명목을 내세웁니다. 하지만 그것이 핑계이며 사실은 좋아하는 감정이 있기 때문이라는 모습도 같이 보여주면 읽는 사람들이 '그럴 수도 있겠다'라고 생각하는 여지를 줍니다.

빼앗아가더니 스테이크 접시를 자신의 앞에 놓고 썰기 시작한다. 내리깔고 있는 두 눈에 드리워진 속눈썹마저도 은은한 갈색이다. 잘생겼다는 단어는 저 인간의 입술을 두고 탄생했단 말이냐. 입을 다물고 스테이크를 써는 저 인간이 왠지 모르게 악기를 연주하는 것마냥 부드러워 보이는 게…… 에엥?

내가 미쳤나! 지금 뭔 환상을 보고 있는 거야!

"고…… 고맙습니다."

먹기 좋은 크기로 썰어놓자마자 다시 내 앞에 접시를 돌려 놓는 마왕의 행동에 나는 고분거리며 감사 인사를 했다. 다시 와인 잔을 들어올리는 그를 물끄러미 바라보고 있자니 대뜸 그가 시선을 돌려 나를 본다. 흠칫 놀란 나는 재빨리 접시에 코를 박았다.

"……굶었냐?"

"냠냠, 네. 누구 때문에 장사가 너무 잘돼서요."

마왕은 나의 말이 자신을 가리키는 걸 아는지 모르는지 잠시 침묵을 지키고 있다가 천천히 입을 열었다.

"로맨스 같아?"

응? 뭐라고? 스테이크 조각에 열심히 포크질을 하며 섭취하던 내가 의아한 기분에 고개를 들었다. 그는 등을 의자에 기대고서 나를 가만히 바라보고 있었다. 그제야 나는 알아차렸다.

나, 이 남자를 이렇게 정면에서 제대로 바라보는 게 지금이

처음이라는 걸.

"로맨스 같냐고."

"뭐가요?"

"괜찮은 저녁, 와인, 재즈 음악이 흘러나오고 창밖에는 눈이 내리는데. 이 정도면 로맨스 같냐고 묻는 거야."

그제야 나는 어느새 창밖에 눈이 내리고 있다는 사실을 알아차렸다. '우와' 내 입에서는 감탄이 튀어나왔다. 세상에, 이제야 모든 게 선명하게 느껴진다. 달그락거리는 식사하는 소리와 사람들의 행복한 웃음소리, 내 앞에 놓인 맛있는 음식들, 향기로운 와인, 레스토랑에 울리고 있는 은은한 재즈 선율, 소복하게 내리고 있는 창밖의 눈. 이 시간을 지금 내가 경험하고 있다는 사실을 말이다. 그리고 그 사실은 갑자기 두근거림을 다가왔다.

"……?"

나를 보며 의아하다는 듯 고개를 비스듬히 숙인 마왕…… 아니, 저 남자. 저 남자의 눈동자는 휘핑크림 올려진 예쁜 라떼 같았다. 선명하고, 또렷하게, 나를 바라보고 있다.

그래, 그렇구나. 지금 이 상황은 분명히 그거야.

"……로맨스, 맞네요."

"……."

"로맨스 맞아요. 이게 로맨스지, 다른 게 로맨스일 리가 없잖아요."

내가 대답하자 그 남자의 표정이 잠시 멈칫했다. 그리고 그의 미간이 한순간 부드럽게 풀리는 듯 보였다. 그 모습에 나 역시 멈칫해버렸다. 휘핑크림이 따뜻한 라떼에 녹아들어가는 것 같다. 뭐, 뭐야. 왜 이리 두근거리는 거람.

"……그래. 나쁘지 않네."

"뭐, 뭐가요?"

그의 중얼거림에 나는 용기를 내서 물었다. 그러자 그가 나지막하게 중얼거렸다.

"로맨스."

그 세 글자, 나는 고개를 끄덕였다. 그리고 다시 입을 열었다.

"로맨스가 나쁠 리가 없잖아요."

조금은 확고한 나의 말에 그가 다시 고개를 들었다. 나는 두 손을 들어 턱을 괸 채로 가만히 위를 올려다보았다. 샹들리에의 빛이 보석처럼 사방으로 흩뿌려지는 낭만적인 광경이 내 눈으로 들어왔다.

"이렇게 행복하고, 영원했으면 좋겠다는 기분이 어떻게 나쁜 거예요. 사랑스러운 거지."

그리고 웃었다. 나의 웃음에 그 남자는 아무 말이 없었다. 한참 후에, 나는 내가 뭔 말을 했나 싶어졌다. 정신이 퍼뜩 들면서 내가 뭔 실수했나 싶은 마음에 두 눈을 깜박였다. 그러자, 그가 갑자기 시선을 휙 돌린다.

"……뭐야, 이 기분."

"예? 뭐라고요?"

"뭘 물어, 알 거 없어."

또, 또 독설 시작이다. 하지만 이번에는 평소처럼 포커페이스가 아니라 살짝 붉게 물들어 있었다. 왜 저래, 증말. 나는 입을 삐죽이고서 다시 스테이크에 포크질을 했다. 그 남자는 연신 와인을 들이켰다. 그러고보니 와인, 음, 와인이라. 되게 맛있어 보인다.

"마실래?"

그가 와인병을 들어 아직 비어 있는 내 잔을 가리켰다. 그 순간, 나는 내가 마시면 안 된다는 걸 알면서도 거절하고 싶지 않았다.[20] 진짜 로맨스가 팡팡 터지는 이런 분위기에서, 와인을 마시지 않는 건 어쩐지…… 음, 로맨스에 대한 죄를 짓는 기분이란 말이야.

---

20 여주의 또 다른 빈틈인 주사가 나올 것이라는 것을 암시하는 부분입니다. 여주는 자신이 술을 마셔서는 안 된다는 걸 알고 있지만 마셔야 한다고 자기합리화를 합니다. 이처럼 로맨스물에서의 인물들은 계산적이고 철저한 모습보다는 즉흥적이고 감성적인 성향과 행동을 보여줍니다. 그런 모습들은 우연한 사건이나 의외의 모습을 보여주어 '지금까지는 몰랐던 또 다른 감정'을 알게 해줍니다. 이것도 로맨스물의 클리셰입니다.

"네! 주세요!"

나의 대답에 그 남자가 웃는다. 싸늘하거나 비웃음에 가까웠던 그의 웃음이었는데, 지금은 아니었다. 그가, 진짜 예쁘게 웃었다. 처음이었다. 그는 미소까지도 커피향을 닮았다. 진한 에스프레소 향기가 어디선가 퍼져오는 기분이다.

"로맨스 음악, 이제 만들 수 있어요?"

그가 따라주는 와인을 홀짝이며 나는 질문했다. 그는 자신의 잔을 여러 번 돌리더니 중얼거렸다.

"……연애."[21]

"네? 만들 수 있다고요?"

"시끄러, 마시기나 해."

뭘 저렇게 자꾸 중얼거리고 앉아 있어? 할 말이 있으면 확실하게 하던가, 흥. 하지만 로맨스와 함께 하는 와인이 너무 맛있어서 나는 그냥 베시시 웃어버렸다. 그 남자는 그런 나를 보며 웃었

---

21 메인 남주가 음악을 핑계로 여주를 만나고 있지만 사실은 또 다른 이유를 스스로 느끼고 있음을 보여주는 부분입니다. 그전까지는 싫어했던 로맨스, 연애 같은 단어 중 '연애'라는 단어를 읊조리는 것은 여주가 읽을 수 없는 그의 마음을 나타내는 장면입니다. 1인칭 주인공 시점이기 때문에 인물의 표정이나 대사에서 짐작할 수 있는 여지를 남겨줘야 합니다.

22 여주가 좋아하는 우유가 메인 남주로 옮겨가기 시작했음을 보여줍니다. 이것으로 둘의 관계가 로맨스로 접어들고 있음을 짐작하게 합니다.

다. 에스프레소 향은, 진짜 잘생겼다. 향이 어떻게 잘생겼냐는 태클은 역시나 정중하게 거절하겠다.

근데, 참 신기하다. 어쩐지 이 순간, 그가 우유 같아 보인다. 내가 아주 좋아하는, 그 우유 말이야.[22]

* * *

"우유 조아! 우유 조아! 우유 주쎄요! 더 주쎄요! 우유 조아! 우유 조아! 세상에서 제일 조아!"

우헤헤헤헤! 아잉, 기분 좋아라! 내가 제일 좋아하는 우유송을 부르면서 나는 덩실 춤을 추었다. 경쾌한 빵빠레가 울리며 내게 99점이라는 경이로운 점수를 선사한다.

"예에! 99점이다! 1점 부족하네? 에헤헤헹!"

로맨스에 취해서 와인을 벌컥 들이켰던 나는 하늘을 두둥실 떠 있는 기분이었다. 알코올쓰레기라는 별명을 가진 걸 제일 잘 알면서 주는 대로 덥석덥석 받아 마신 나는 거나하게 취해버린 거다. 주사를 시작하는 내게 슬슬 짜증을 내는 그를 끌고 나는 노래방까지 와버렸다. 그리고 나의 애창곡 우유송을 친히 들려주었고 그는 팔짱을 낀 채로 한심하다는 듯 나를 바라보았다. 그의 앞에는 맥북이 놓여 있었고, 이 잘나가는 작곡가께서는 내가 우유송을 열창하는 동안 틈틈이 맥북을 두드리고 있었다. 그러면서도 가끔 나를 괴생물체 보는 듯한 표정을 짓는 걸 잊지 않았다. 그런데, 나도 미쳤지. 그런 그가 왠지 모르게 귀여워 보인단 말이야. 자꾸 이 남자가 마이 러브 우유 같아 보인다구. 나 진짜 미쳤다.

"아하항! 우유송 한 번 더 할래!"

"닥쳐, 한 번만 더 하면 손가락 접어버린다."

"아, 왜에!"

물론, 내가 말이야 노래방 들어오자마자 우유송만 계속 부르고 있찌만 말이야! 아마, 한 오십 번 불렀나? 이제는 아예 외워버린 숫자를 누르기 위해서 비틀거리며 기계로 다가가자 대뜸 내 팔을 움켜잡는 손이 느껴진다. 그러고는 풀썩 나는 노래방 소파에 주저앉았고 나를 앉힌 장본인은 나지막하게 짜증을 낸다.

"로맨스 좋아하네."

"로맨스 맞잖아요, 왜 아니라고 하심?"

"짜증나 죽겠는데 뭐가!"

헤실거리며 내가 맞받아치자 그가 버럭 소리를 지른다. 하지만 그것마저도 귀여워 보인 내가 까르르 웃었다. 그리고 그는 피식 웃었다.

"야, 우유."

"왜요, 마왕님아."

"마왕? 뭐야, 그건?"

"그쪽 별명입니다. 마왕 같잖아요, 싸가지 없구."

술 먹으면 난 용감해진다.[23] 그걸 증명하며 내뱉는 나의 말에 그가 어이없다는 듯 바라본다. 그리고 헤실 웃어대는 나의 얼굴을 톡톡 친다.

"정신차려, 우유. 너 너무 취했어."

"내가 왜 우유야아!"

"너 우유를 막걸리처럼 마시잖아."

헤헤, 그걸 보셨수? 이 양반, 보는 눈 좀 있네.

"내가 쫌 우유를 한 막걸리하죠."

"……뭐라는 거야?"

"아, 우유 마시고 싶드아."

드디어 술주정의 끝판까지 왔다. 횡설수설하기. 나의 말을 도무지 이해 못하겠다는 듯 도리질을 하던 그 남자가 내가 풀썩 앞으로 쓰러지자 내 옆으로 다가오는 게 느껴진다. 아, 달콤한 향수 냄새. 아, 안 되는데.

갑자기 가슴이 뛰어, 이거 진짜 위험하잖아.

"으으응…… 우유우……"

하지만 머리가 팽글팽글 도는 것 같았기에 나는 마냥 우유를

---

23 여주가 지금까지와는 다르게 솔직한 모습을 보여준다는 것을 알게 해줍니다.

찾으며 중얼거렸다. 옆에서 나지막한 한숨 소리가 들린다. 잠깐 침묵이 흐르다 다시 목소리가 들린다.

"……어, 홍대. 노래방 2층. 그래, 다 됐으니까 가지고 꺼져."

또, 또 저 엄한 말버릇…… 내가 고쳐버릴꼬야…… 음, 아니지, 내가 왜 고쳐? 저 사람이랑 진짜 연애하는 것도 아니면서? 음…… 그리고 점점 의식이 흐려지는 데…… 잠이 오는데…… 자면 안 돼…… 스르륵 몰려오는 잠에 의지하고 싶어질 무렵, 따뜻한 손[24]이 내 머리를 토닥였다.

그리고, 얼마나 지났을까.

"……차려요. 여기서 자면 얼어 죽어."

웅? 죽어? 누가? 어디선가 들리는 다정한 목소리에 나는 번쩍 눈을 떴다.

"어? 어? 뭐야?"

설마, 나 진짜 잤나? 아까 들어온 노래방은 맞는데 어느새 나는 소파에 누워 있었고 내 위에는 반코트가 덮여져 있었다. 그리고 그런 나를 보며 웃는 소리가 들렸다. 나는 띵한 머리를 붙잡고 고개를 들었다.

---

24 겉으로는 까칠하고 냉정한 인물이 사실은 따뜻한 내면을 지니고 있다는 것을 보여주는 전형적인 표현입니다. 이것 역시 클리셰입니다.

"잘 잤어요?"

헉, 다즐링 프린스! 나도 모르게 당황해서 정신없이 손등으로 입을 문지르며 일어났다.

"되게 잘 자던데요. 오늘 피곤했나봐요."

"네, 네. 카페가 되게 바빴거든요…… 왕자랑 마왕 땜에…… 아, 아니지…… 암튼 제가 알코올쓰레긴데 와인을 마셔서…… 아, 나 뭐래."

내가 죽일 넌이지. 날 알면서도 왜 와인을 퍼마셨냐. 폭풍처럼 밀려오는 후회에 내가 머리를 잡아뜯고 있자, 다즐링 프린스는 둥근 안경테를 밀어올리며 맥북을 두드린다. 어, 그러고보니…… 저 맥북 주인은 어디로 갔지?

"어떻게 오셨어요?

"데이트 방해 안 되려고 연습실에 가 있다가 좀 전에 연락받고 왔어요."

"예? 그럼 아까 시간 있느냐는 말은……?"

"아, 그거. 대신 물어본 거예요."

대신? 뭘 대신 물어? 내가 점점 알 수 없는 기분에 두 눈만 껌뻑이고 있자 맥북을 열심히 두드리던 다즐링 프린스가 쓰던 안경을 벗으며 나를 바라본다. 와우, 안경 벗으니까 잘생김이 더 잘 보이네.

"정휘영, 그 형이 좀 솔직하지 못하거든요."

"……?"

"엊그저께 카페에서 만나자는 약속을 했던 날, 좀 놀랐어요."

뭘 놀랐다는 거야? 그러다가 나를 덮고 있는 반코트의 따뜻함을 느끼고 나는 흠칫했다. 이 코트의 주인…… 그럼, 설마……

"그 형이 누구 보자마자 그렇게 면박 주는 거 처음 봤거든요. 원래 그렇게 대놓고 독설하는 인간은 아니에요."

아, 냐…… 열이 확 오르네. 그날 만나자마자 우유와 틴트가 섞여버린 내 입술을 보고 독설을 퍼붓던 그 일 말이구만. 다즐링 프린스는 여유로운 목소리로 다시 말을 이었다.

"그 형이, 딱 유치원 수준이라서 좋아하는 사람한테는 더 막 나가거든요."

"……예, 예. 진짜 유치원생이네요."

좋아할수록 더 괴롭힌다는 거구만. 그건 요즘 초딩들도 안 하는 짓거리겠네… 응?[25]

---

25 발랄한 분위기의 로맨스물에서 여자 주인공들이 흔히 가지고 있는 특징입니다. 상황에 대한 눈치가 없어서 주변에서 중요한 정보를 알려주면 당황하는 성격입니다. 여주가 눈치가 빠르고 영리하면 우연한 사건과 의외의 행동을 보여주지 못하므로, 여자주인공들은 주로 이런 모습을 많이 보입니다. 이것도 로맨스물의 여주 설정의 클리셰입니다.

나의 심장이 쿵 내려앉았다. 나는 놀라서 다즐링 프린스를 쳐다보았다.

"덕분에 음악 완성되었어요. 여러모로 고마워요."

"아니, 아니, 잠깐만! 제가 듣고 싶은 건 고맙다는 말이 아니고요! 누가 뭘 한다고요? 누가 뭘 어째요?"

너무 당황스러워 속사포처럼 쏘아붙이는 나의 질문에 프린스는 그저 빙긋 웃을 뿐이었다. 이봐요, 귀여운 입술로 웃지만 말고 뭐라 대답 좀 해달란 말이에욧!

"더는 방해 않고 이만 물러가겠습니다."

다즐링 프린스는 다시 안경을 쓰고서 자리에서 훌쩍 일어났다. 나는 황망한 기분을 수습하지 못하고 그를 따라 일어났다가 바닥에 떨어지는 반코트 때문에 더 당황해버렸다. 떨어진 코트를 주워들자 노래방 문이 열렸다.

"으헉!"

진짜 마왕이라도 본 듯, 나의 입에서는 짧막한 신음이 터졌다. 노래방 문을 열고 마왕, 아니, 싸가지, 아니, 정휘영이 나를 내려다보고 있다.

"형, 먼저 갑니다. 내일 연락할게요."

"하지 마. 또 뭘 닦달하려고. 편곡은 다른 놈 시켜."

"하하, 형 음악 잘 나왔네요. 역시, 천재가 따로 없네."

다즐링 프린스는 윙크까지 하며 두 손으로 엄지를 만들어 보이더니 휘파람을 불며 문을 열고 나선다. 나가기 전, 프린스는 나를 보더니 손을 흔들어 인사를 했다. 거기에 나는 자리에서 일어나 90도로 인사했다. 프린스는 입모양으로 내게 '나쁜 형은 아니에요'라고 말하고는 퇴장했다.[26]

아아, 그렇게 님은 갔습니다. 당신은 이제까지 내가 본 사람 중 제일 귀여웠어요.

"술 깼냐?"

흠칫. 귀여운 프린스와의 이별 속 여운을 즐길 틈도 없이 그가 질문을 한다. 나는 당황해서 반코트를 들고 우물쭈물하다가 그에게 내밀었다.

"죄, 죄송해요! 제가 술 먹으면 텐션이 너무 업되다가, 막말하다가, 그대로 기절하거든요!"

"설명 안 해줘도 알아. 내 앞에서 그 짓거리를 했으니까."

그, 그러시겠죠…… 찌밤…… 속으로 피눈물을 흘리며 나는

---

26   삼각관계이지만, 사실은 서브 남주는 여주에게 연애감정보다는 메인 남주를 자극하기 위한 행동이었음을 보여줍니다. 하지만 이미 여주는 메인 남주와 감정적으로 엮인 상태이므로 그 행동이 큰 문제를 일으키지 않게 됩니다.
27   여주에게 독설을 했던 이유인 '우유'를 사왔다는 것은 그녀의 빈틈도 인정하고 아끼게 되었다는 것을 의미합니다. 둘의 관계가 완전히 로맨스가 되었음을 보여주는 정점입니다.

부끄러움에 그대로 바닥에 녹아버리고 싶었다. 구석에 버려져 있던 내 가방을 챙겨들고서 나는 그를 향해 90도로 인사했다.

"가, 가보겠습니다…… 죄송합니다아……"

그렇게 짧지만 강력한 한겨울의 꿈과 같은 시간, 뭐, 적당한 악몽도 섞인 시간을 뒤로 하고 나는 노래방에서 나가려 했다. 하지만, 대뜸 내 손을 붙잡는다.

"……!"

아까 잠들기 직전 내 머리를 토닥이던 따뜻함과 똑같은 체온이 손에서 느껴진다. 나는 너무 놀라 굳어버렸다.

"가긴 어딜 가."

"……집이요."

왜, 왜요. 당황과 경계로 무장한 눈으로 바라보자 그는 한심하다는 듯 '쯧' 하고 혀를 차더니 다른 손에 들린 봉투를 불쑥 내민다.

"이게…… 뭐예요?"

"니가 잠꼬대로 찾아대던 거잖아."

내가, 뭘 찾았는데? 나는 망설이다가 봉투를 받아들었다. 봉투를 열자, 그곳에는 우유가 담겨 있었다.[27]

설마, 진짜 이걸 사러 다녀온 거야?

나는 너무 놀라서 멍하니 그를 바라보았다. 그는 자신의 짐을 챙기다가 문득 고개를 돌린다.

"뭘 봐, 안 마셔?"

"네? 마, 마셔요! 마십니다, 마셔야죠!"

횡설수설하는 나를 보며 그는 "아직도 취했냐"라며 중얼거리더니 먼저 노래방을 나섰다. 나는 급히 그를 따라나섰다. 계단을 내려와 1층 현관으로 나서니 어느새 눈이 사방에 소복이 쌓여 있었다. 눈 사이로 하얀 입김을 뿜으며 주변을 바라보는 그는 슈가 파우더로 장식된 카페 라떼 같았다. 담배를 꺼내서 입에 무는 모습에 나는 사준 사람의 성의를 생각해서 봉투에서 우유를 꺼내 뜯었다. 봉투에 담긴 빨대는 저 사람이 정말 나쁜 인간은 아니라는 걸 보여주었다. 빨대까지 꽂아서 쪽쪽 맛있게 마시는데 문득 시선이 느껴진다.

그가 나를 바라보고 있었다. 뭐지, 우유가 마시고 싶은 건가. 나는 내가 마시던 우유를 불쑥 내밀었다. 그는 내가 내민 우유를 한참 바라보더니 어이없다는 듯 피식 웃는다.

"왜요, 빨대 때문에 그래요? 그럼 빼서 드릴게요."

깔끔 떨기는, 쳇. 빨대를 뽑아서 다시 넘겨주려고 부지런히 우유팩을 다시 뜯었다. 그리고, 갑자기, 갑자기였다. 그의 달콤한 향수가 갑자기 훅 내 코끝으로 밀려들어왔다. 그리고 그와 동시에 내 입술이 따스해졌다. 그 모든 건 한순간이었고, 번개처럼 내리꽂혀 들어와 온몸에 전율을 일으켰다.

내 손에 들린 우유가 툭, 하고 바닥으로 떨어졌다. 하얀 눈 위에 하얀 우유가 스며들었다. 하얗고, 부드러운, 사랑스러운 우유가 눈과 마주한다. 그 느낌은, 그가 내게서 떨어졌을 때의 기분과 같았다.

"……."

내게서 멀어진 그의 입에서 뽀얀 입김이 흘러나온다. 내 입에서 역시 입김이 흘러나와 그와 내 사이의 좁은 거리를 가득 메운다. 내 얼굴을 덮을 듯 점점 달아오르는 열기에 나도 모르게 손등으로 입술을 막자 그가 다시 웃는다. 하얗게 부서지는 그의 웃음, 그는 내가 좋아하는 우유와 똑같은 미소를 가졌다.

눈동자는 카페라떼 같고, 미소는 우유처럼 부드럽다.

"넌 어때, 로맨스."

그가 묻는다. 나는 한동안 멍하니 서 있었다. 소리 없이 다시 내리는 눈송이, 그 사이에 서 있는 그 남자와 나. 그 찰나의 시간이 로맨스가 아니면 무엇일까.

나는 빨갛게 물들어버린 얼굴로, 아주 살짝, 고개를 끄덕였다.

* * *

"주문 확인해드리겠습니다. 아이스 아메리카노 두 잔, 따뜻한 카페 모카 한 잔, 카모마일 한 잔 맞으세요? 결제 도와드릴게요!"

날은 추워도 사람들은 커피와 차를 마시러 카페로 모인다. 여느 때와 똑같은 겨울, 여전히 춥고 얼어버린 눈으로 미끄러운 거리는 늘상 보던 그것과 다르지 않다. 카페 손님들에게 주문받고 커피와 차를 만드느라 나는 분주하고, 그렇게 또 하루를 보낸다. 그 말인즉슨, 한겨울의 꿈과도 같은 이야기를 로맨스답게, 낭만적으로 줄줄 읊을 정신 따윈 없다는 뜻이지.

"아오, 어떡해! 우유 떨어졌어!"

내가 냉장고를 열며 소리를 치자 지혜가 두 눈을 희번덕 뜨며 나를 노려본다. 하지만 지혜는 열심히 과일을 믹서기에 넣고 갈아야 하는 사명을 띠고 있었다. 나는 기다리는 손님들의 숫자를 체크한 다음, 얼른 밖으로 튀어나갈 준비를 했다.

"우유 좀 작작 처먹어!"

뒤에서 지혜의 비명이 들려온다. 흑흑, 우유가 좋은 걸 어떡하라고. 운동화를 신고, 코트를 집어들고 쏜살같이 튀어나가기 위해 몸을 움직였다.

그때였다.

'딸랑'. 카페 문이 열렸다. 나는 고개를 숙이며 사죄의 인사를 올렸다.

"어서 오세요! 죄송합니다, 지금 주문이 밀려 있어서…… 어?"

인사를 하다 말고 나는 멈칫했다. 그리고 천천히 고개를 들었다. 차가운 공기가 서서히 사라지며 카페 문이 닫힌다. 그 앞에 보이는 누군가의 모습에 나는 가슴이 두근거렸다.

로맨스, 거기에는 로맨스가 있었다.

"어딜 가, 우유."

피식 웃으며 손에 들린 봉투를 건넨다. 봉투에 담긴 두 팩의 우유, 거기에 나도 모르게 까르르 웃어버렸다. 왜 웃어버렸을까. 우유를 사러 나가지 않아도 되어서? 아니면, 그의 모습이 마음을 간지럽혀서?

그게 아니면, 마침내 찾아낸 로맨스가, 너무 달달해서?

이것도 클리셰, 저것도 클리셰…… 클리셰가 왜이리 많아?

아무리 글을 많이 써봐도, 나의 글을 누군가에게 보인다는 것은 설레면서도 동시에 부끄러운 일입니다. 앞에서 보여드린 팬픽은 로맨스물의 전형인 다양한 클리셰를 섞었습니다. 그래서 읽는 동안 '어, 어디서 본 것 같은데?'라는 느낌을 받을 수 있습니다. 그것이 익숙함을 추구하는 클리셰가 작동했기 때문이지요.

그리고 생각 이상으로 굉장히 많은 클리셰가 언급된 것을 보셨을 거예요. 맞아요. 사실, 클리셰라고 하는 것은 뻔하고 진부하며 익숙한 코드들을 일컫습니다. 인간이 창작 활동을 한 이후로 계속해서 쌓여왔던 전형적인 공식들이 클리셰라고 불리는 것이기 때문에, 여러분이 쓰려는 작품 안에서도 분명히 클리셰는 있을 수밖에 없어요.

클리셰를 덜 쓰는 게 좋을까? 많이 쓰면 나쁘지 않을까?

일단 글을 쓰기 위해서 먼저 캐릭터와 플롯 설정을 하겠지요. 그 설정 속에 '어디서 많이 본 듯한 뻔한 내용'이 느껴져서 그만두는 친구들도 있습니다. 아마도 남이 쓴 것을 베껴서라는 느낌이

들기 때문일 거예요. 그럴 때 저는 우선 무조건 멈추지 말라고 말합니다.

내가 재미있다고 느끼다 못해 가슴이 쿵쿵 뛰는 캐릭터와 플롯을 쭉 써보세요. 분명, 클리셰는 있을 거예요. 하지만 클리셰라 하더라도 나만의 색깔을 입히는 건 절대 불가능한 일이 아니에요.

처음부터 완벽한 창작물은 있을 수 없어요

고전을 읽고 그 속의 클리셰를 찾는 것은 좋은 글을 쓰기 위한 공부랍니다. 처음부터 완벽하게 쓰는 사람은 이 세상에 존재할 수 없어요. 하물며 AI(인공지능)가 작가로 데뷔해서 소설을 쓰는 시대랍니다. AI는 세상에 퍼진 모든 작품 공식과 플롯들을 데이터로 가지고 있을 거예요. 우리가 AI만큼 데이터를 축적할 수는 없어도 내가 좋아하는 플롯이 무엇인지, 어떤 캐릭터를 좋아하는지에 대해서 알아야 할 필요는 분명히 있습니다.

내가 좋아하는 것을 알고 시작하면 '나만의 색깔'을 반드시 찾을 수 있으니까요.

8장

너의 케이크도
충분히 아름다워

나도 저렇게 써도 될까요?

부족하지만 저의 팬픽 샘플을 보고 아이디어가 샘솟는다면 즉시 설정 노트를 만들어보세요. 메인 남주와 서브 남주의 캐릭터 그리고 여주의 캐릭터는 저 역시 로맨스물의 전형성을 따랐으니까요. 그렇다면 저의 팬픽 속에서 '저만의 색깔'은 무엇일까요?

저는 소설을 잘 쓰는 사람이 아니에요. 서술하는 문장이나 감정선이 많이 약하고 부족합니다. 대신, 제가 좋아하는 것이자 저의 강점은 바로 흥미로운 대사입니다. 그래서 여주도 1인칭 주인공을 선택하고 마치 대사를 쓰듯이 소설을 서술하는 방법을 택했지요. 인물들의 성격과 성향을 보여주는 것도 행동의 묘사가 아니라 주고받는 대화에 초점을 맞추었고요. 분명 어디서 본 듯한 설정과 인물들이지만, 저는 대사의 생생함을 통해 제가 표현할 수 있는 인물들을 구축했어요.

이처럼 글 속에 녹아나는 인물 설정이나 한 줄 한 줄의 대사를 살피며, 그 작가만의 철학과 특징이 무엇인지를 생각하며 읽는 것도 중요하답니다.

처음을 두려워 말고 끝을 향해 달리세요

처음이 두려워서 시작하지 못했어도 내가 끌리는 클리셰가 무엇인지를 생각하면 쉽게 할 수 있을 거예요. 하지만 가장 경계해야 하는 것은 처음이 아니라 끝을 바라보는 마음가짐입니다. 많은 친구들이 시작은 하지만, 끝까지 가는 힘과 체력을 기르지 못해 중도에 포기하곤 하거든요. 저 역시 그런 경험이 많았지요.

끝을 맺는다는 것은 첫걸음을 내딛는 것만큼이나 어려운 일입니다. 그렇기 때문에 더더욱 내가 좋아하고 사랑하는 캐릭터와 플롯이 중요한 것이죠. 캐릭터와 플롯을 사랑하는 마음으로 쓰다 보면, 어느새 그들이 여러분을 위로하고 있을 거예요.

힘들지만 조금만 더 가보자…… 이런 위로를 들으며 끝을 향해 나아갈 수 있어요. 부족한 내가 만든 플롯과 캐릭터를 믿고 마침내 원고를 완성하면 나 자신이 얼마나 성장했는지를 스스로 느낄 수 있을 것입니다.

깊이에의 강요

파트리크 쥐스킨트의 『깊이에의 강요』라는 소설이 있습니다. 이 소설에는 그림을 그리는 유망한 젊은 여성이, 어느 평론가가 자신의 작품을 보고 "깊이가 없다"라는 말을 남긴 이후, 그 '깊이'가 무엇인지 알지 못하고 스스로를 비하하다 결국 비극을 맞이하는 내용이랍니다. 제가 『깊이에의 강요』를 처음 읽은 것은 스물한 살 때인데, 당시에는 그 내용을 이해하지 못했어요. 특히나 '깊이'라는 추상적인 단어는 더더욱 그러했지요. 그 후 14년이 지나 다시 그 책을 읽었을 때, 좀처럼 이해하지 못했던 문장들이 제 마음을 강타했습니다.

> 거듭 뛰어난 재능을 가진 젊은 사람이 **상황을 이겨낼 힘**을 기르지 못한 것을 다같이 지켜보아야 하다니, (……) 그러나 결국 비극적인 종말의 씨앗은 **개인적인 것**에 있었던 것처럼 보인다. (……) 분명 헛될 수밖에 없는 **자기 자신에 대한 피조물의 반항**을 읽을 수 있지 않은가? 숙명적인, 아니 무자비하다고 말하고 싶은 그 깊이에의 강요를?

아직 '깊이'라는 단어가 무엇이며, 왜 그 단어가 주인공을 비극적 죽음으로 몰고 갔는지는 여전히 모르겠습니다. 하지만 소설의 가장 마지막에 그녀에게 "깊이가 없다"라고 평론한 평론가가 기고한 글에서 저는 그녀가 죽음을 택할 수밖에 없었던 이유를 조금이나마 알 것 같았습니다.

"상황을 이겨낼 힘, 개인적인 것, 자기 자신에 대한 피조물의 반항."

소설에 쓰인 이 말들은 **'자존감'**과 관련된 것이었습니다. 평론가가 남긴 '깊이'라는 단어는 사실, 아무 의미가 없을지도 모릅니다. 예술계에서 '깊이'라는 단어는 너무 쉽게 쓰이고, 아무렇지 않게 남발되거든요. 소설 속 주인공이 자존감이 강한 예술가였다면 이겨냈을지도 모릅니다. 하지만 그녀는 타인이 자신의 작품을 평론한 의미 없는 단어들 앞에서 끝내 인생을 마감해야 했지요.

"팬픽을 얘기하다가 갑자기 웬 '자존감' 얘기인가요?"

네, 그렇게 물으실 거라 예상했습니다. 사실, 저는 글을 쓰는 행위가 '자존감'과 깊은 관련이 있다고 생각합니다. 저 역시 누군가에게 사랑받는 느낌이 좋아서 글을 썼고, 지금까지 쓰고 있으니까요.

일기는 왜 쓸까요. 앞에서 얘기했듯, 일기는 나 자신이 유일한 작가이자 독자입니다. 학교에서 숙제를 하라고 시켜서 했다는 의무감을 빼면, 일기를 쓰는 진짜 이유는 아마도 '자기 위안'일 것입니다. 오늘 하루 있었던 즐거운 일, 힘든 일, 슬픈 일 등등 감정을 적어두고서 유일한 독자인 나 자신이 유일한 작가인 나 자신에게 위로를 건네는 것이지요. '그래, 힘들었구나', '오늘 너무 고생했네', '오늘 참 힘들었다, 그치', '내일은 더 행복했으면 좋겠다', '매일 오늘 같으면 얼마나 좋을까' 같은 자기 위안은 너무도 진솔합니다. 거짓으로 꾸밀 필요가 없으니까요.

자존감, "사랑받고 싶어요"

자존감은 나를 사랑하는 힘입니다. 글을 쓰는 대부분의 친구들은 '제 말을 들어주세요'라는 간절함으로 씁니다. 소통하고 싶어서, 공감하고 싶어서, 위로받고 싶어서, 사랑받고 싶어서 말이에요. 자존감이 필요한 것이지요.

꼭 그렇지 않은 경우도 있을 겁니다. 네, 분명히 그럴 거예요. 하지만 팬픽을 쓰고 싶은 친구들이라면 공감할 거라고 믿습니다. 사랑하는 아이돌을 나의 팬픽에서 만나고 그 이야기를 세상에 공개하며 타인과 소통하는 일을 우리 스스로가 간절히 바라고 바라기 때문이지요. 타인에게 보여준다는 것은 나의 덕질을 세상에 공개하는 일이니까요. 덕질은 왜 하나요. 맞습니다, 우리가 디저트를 먹는 이유와 같지요.

행복하기 위해서입니다.

자, 당장 시작해보세요. 제가 샘플이라고 써서 보여드린 글보다 몇 배, 아니, 수백 배 더 재미있고 매력적인 글을 쓸 수 있어요. 현실이 힘들어서 읽기 시작했고, 인정받고 싶어서 쓰기 시작한 글일지 몰라도, 그를 통해 점점 '나'를 사랑할 수 있게 될 거예요.

그래요, 한 발자국만 내디딜 용기가 있다면,
여러분은 이미 멋지고 훌륭한 작가입니다.

나가는 글

2010년, 저는 많이 아팠습니다. 몸도 마음도 약해져 있는 상태였지요. 병원에서는 한동안은 외출하지 말 것을 권유했습니다. 저는 아무도 만나지 않았어요. 그리고, 아무것도 할 수가 없었습니다. 그러던 어느 날 저의 집으로 제게 국어를 배웠던 초등학교 5학년 아이들이 찾아왔어요. 그중 한 아이가 "쌤, 제가 요즘 재미있는 거 보는데 같이 봐요"라며, 제 컴퓨터에 자기가 가장 재밌게 보던 팬픽을 띄워놓고 갔습니다. "아프지 마세요, 다시 일어나세요"라는 말보다 자신이 좋아하는 걸 함께하자는 그 마음에서 저는 더 큰 에너지를 느꼈습니다.

그 팬픽은 당시 가장 유명한 아이돌이 주인공이었지요. 그 아이들과 저의 연결고리는 아이돌 덕질이었거든요. 저도 그 아이돌을 좋아한다는 것을 기억하고서 자신들이 할 수 있는 가장 큰 위로를 던져주고 간 거예요. 저는 그 위로를 받고 열심히 그리고 재미있게 읽었습니다. 10대 시절의 기분도 샘솟았고, 여전히 팬픽이라는 장르가 존재하는 것도 놀라웠으며, 제가 읽었던 옛날 팬픽보다 훨씬 잘 쓰였다는 것에 또 신기해했습니다.

그래서 저는 집에서 쉬는 동안 팬픽을 썼습니다. 팬픽은 유치하고, 저급하고, 진정한 소설이 아니라고 생각했던 제 편견을 스스로 깨트렸어요. 좋아하던 아이돌을 주인공으로 팬픽을 썼어요. 제가 생각했던 플롯들을 열심히 시험했습니다. 그리고 저는 더 많은 친구들을 만날 수 있었어요. 아팠던 시간을 팬픽을 통해 이겨냈던 거예요.

'자존감이 너무 낮아서 아픈 내가 쓴 글을 읽고, 누군가가 즐거워한다. 나는 괜찮은 작가였구나. 재미있는 글을 쓰는 사람이었어.'

그 힘으로 저는 지금까지 왔습니다. 팬픽은 저를 구해주었어요. 그리고 제 글은 많은 친구들에게 위로를 주었습니다. 저는 깨달았어요. 세상에 가장 재미있는 글은, 내가 재미있게 쓴 글이라는 사실 말입니다.

대학에서 공부할 적에, 가장 존경했던 은사님이 수업 시간에 말씀하셨어요.

"누구나 보석을 갖고 있다. 단지, 그 보석이 진흙과 오물에 파묻혀 있을 뿐이다."

내 가슴에 묻어두었던 아프고 슬픈 기억들이 글에서는 보석보다 빛난다는 뜻이었지요. 저는 지금도 그 말이 이 세상 속 모든 작가들이 글을 쓰는 원칙이자 절대라고 생각합니다.

여러분의 경험을 사랑해주세요. 여러분의 감정과 마음을 소중히 여겨주세요. 그건 어느 누구도 흉내낼 수 없는 고유한 보석입니다. 그 보석으로 글쓰기를 시작해보세요. 나를 대신해서 빛나는 아이돌이 나오는 팬픽을 쓸 때, 진짜 주인공은, 그 세계를 만드는 여러분 자신입니다. 여러분의 세계에서 다시 태어날 아이돌은 여러분이 스스로를 사랑하는 만큼 빛납니다. 그리고 그 팬픽은 분명히 사람들에게 공감을 불러일으킬 거예요. 그러니 걱정하지 마세요. 여러분의 케이크는 충분히 아름다워요. 팬픽, 웹소설을 비롯하여 장르 글쓰기의 시작은 바로 거기서부터 시작될 것입니다!

언젠가, 그 케이크를 맛볼 수 있는 영광을 주시길 바라며.

참고 문헌

- 남경태, 『개념어 사전』, 휴머니스트, 2012, 493p. (본문 125쪽에 인용)
- 니체, 프리드리히, 『비극의 탄생』, 김남우 번역, 열린책들, 2014.
- 라프코스터, 『라프코스터의 재미이론』, 안소현 번역, 디지털미디어리서치, 2012.
- 사이토 다카시, 『세계사를 움직이는 다섯 가지 힘』, 홍성민 옮김, 우석훈 해제, 뜨인 돌, 2010. (본문 138쪽에 인용)
- 셰익스피어, 윌리엄, 『십이야, 혹은 그대의 바람』, 김정환 번역, 아침이슬, 2010. (본문 119쪽에 인용)
- 셸러, 막스, 『공감의 본질과 형식』, 이을상 번역, 지식을만드는지식, 2013.
- 아리스토텔레스, 천병희 번역, 『詩學』, 문학과지성사, 2000.
- 오스틴, 제인, 『오만과 편견』, 류경희 번역, 문학동네, 2017, 9p. (본문 90쪽에 인용)
- 이미혜, 『예술의 사회 경제사』, 열린책들, 2012, 215p. (본문 62, 92쪽에 인용)
- 이상섭, 『아리스토텔레스의 '시학' 연구』, 문학과지성사, 2003, 41, 45p.
- 쥐스킨트, 파트리크, 『깊이에의 강요』, 김인순 옮김, 열린책들, 2006, 17p. (본문 223쪽에 인용)
- 지라르, 르네, 『낭만적 거짓과 소설적 진실』, 김치수·송의경 번역, 한길사, 2011.
- 네이버 두산백과, https://terms.naver.com/entry.nhn?docId=1263096&cid=40942&categoryId=32129
- 영화 속 시간 여행 법칙 '타임워프, 타임슬립, 타임루프, 타임리프', 《월간 시선》, http://siseon.kr/filmdic/26timemovie/